大国建造

REMARKABLE CONSTRUCTION

中央广播电视总台财经节目中心　编著

中国科学技术出版社
·北京·

图书在版编目（CIP）数据

大国建造 / 中央广播电视总台财经节目中心编著. — 北京：中国科学技术出版社，2023.4
ISBN 978-7-5046-9949-7

Ⅰ.①大… Ⅱ.①中… Ⅲ.①电视纪录片 – 解说词 – 中国 – 当代 Ⅳ.①I217.2

中国国家版本馆 CIP 数据核字（2023）第 029943 号

《大国建造》纪录片演职人员名单

总出品人	慎海雄	**制片人**	张 菁　潘 敏
总策划	彭健明	**总导演**	潘 敏
总监制	梁建增	**总撰稿**	喻 江
监　制	蔡 俊　陈红兵　李彬彬		

总策划	秦德继	**责任编辑**	申永刚
策划编辑	申永刚　刘 畅	**装帧设计**	今亮后声·郭维维
责任校对	吕传新　张晓莉	**责任印制**	马宇晨　李晓霖

出　版	中国科学技术出版社
发　行	中国科学技术出版社有限公司发行部
地　址	北京市海淀区中关村南大街 16 号
邮　编	100081
发行电话	010-62173865
传　真	010-62173081
网　址	http://www.cspbooks.com.cn

开　本	880mm×1230mm　1/16
字　数	220 千字
印　张	21.5
版　次	2023 年 4 月第 1 版
印　次	2023 年 4 月第 1 次印刷
印　刷	河北鹏润印刷有限公司
书　号	ISBN 978-7-5046-9949-7 / I·75
定　价	218.00 元

（凡购买本社图书，如有缺页、倒页、脱页者，本社发行部负责调换）

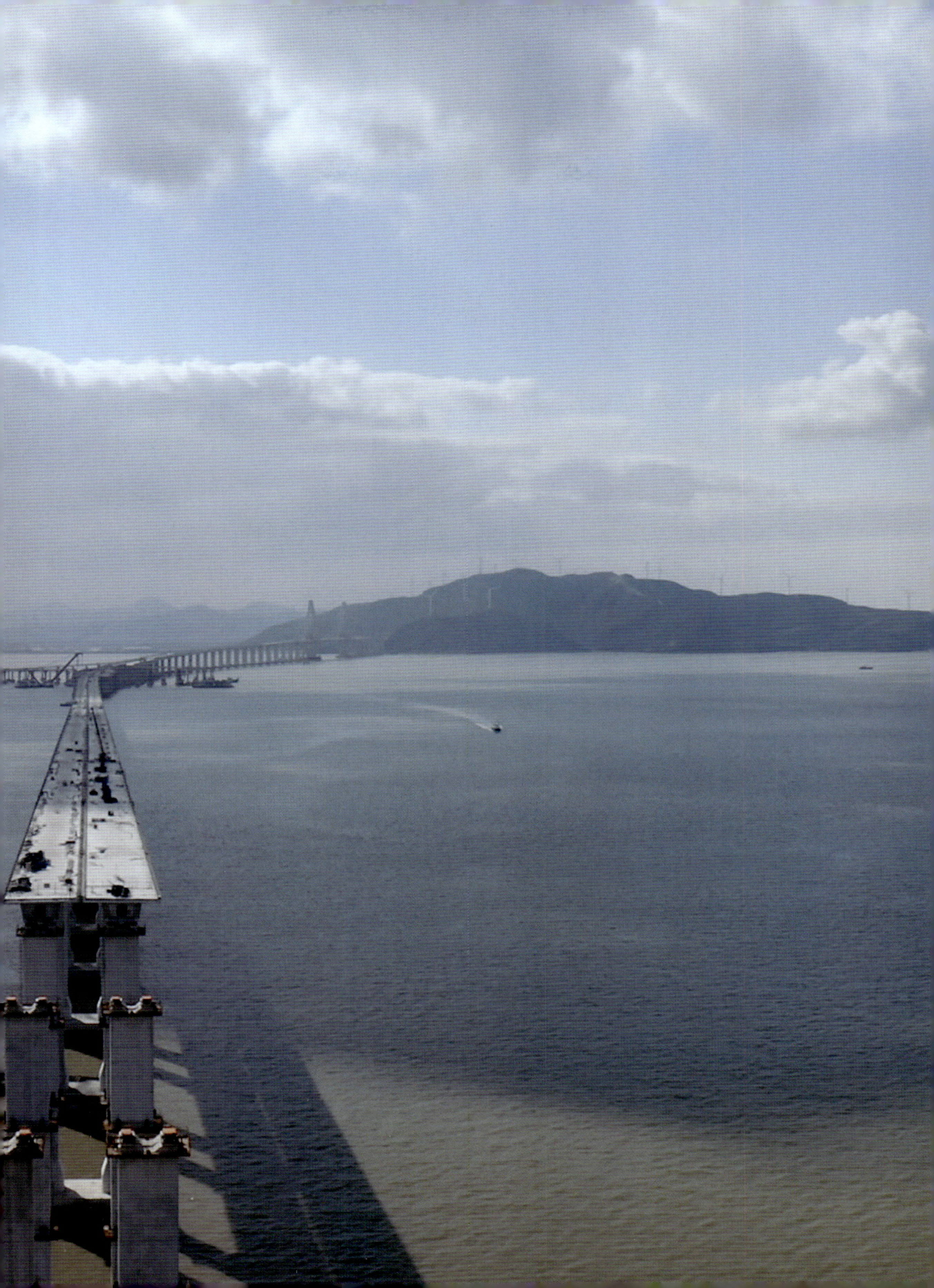

《大国建造》纪录片很震撼，从中我们可以深刻感悟到中国建造展现的大国力量、大国智慧和大国担当，也看到了无数中国建筑的身影，并为其中的故事深深感动。片中呈现的大工程、大作品，展示了中国建筑以人为本的设计初心、国之大者的建造情怀。它们无疑是科学与艺术的结晶，科技进步与时代文明的硕果，又根植于中华大地，具有浓郁的中国特色，可谓"建造之核"与"建筑之魂"相得益彰，协调发展。出版由《大国建造》纪录片改编的图书正当其时，本书全方位展现了中国式现代化征程中"中国式"建造塑形铸魂的新图景，凝聚了全面建设社会主义现代化国家的精神力量。

　　　　　　—— 中国工程院院士、中国建筑西北设计研究院总建筑师　张锦秋

　　《大国建造》纪录片全面聚焦中国建造，体现中国创造，彰显中国成就，令人震撼，精彩绝伦！片中围绕一个个伟大工程，声情并茂地展现了跨越万里的工程壮举，还原了壮丽如史诗般的工程传奇，擦亮了中国路、中国桥、中国港、中国城、中国装备的中国名片，生动形象地展示了包括中交建设者在内的中国建设者心系"国之大者"，勇担交通强国建设使命，踔厉奋发、勇毅前行的精神风貌。今年是贯彻落实党的二十大精神的开局之年，出版由《大国建造》纪录片改编的图书意义深远，本书将多角度、全方位地展示新时代"中国建造"的伟大成就、伟大智慧，凝聚起建设中国式现代化的磅礴力量。

　　　　　　—— 中国工程院院士、中国交通建设集团有限公司首席科学家　林鸣

大国气度、人民情怀、科学精神、艺术高度，融合催生出《大国建造》这部鸿篇巨制。纪录片展现了在习近平新时代中国特色社会主义思想的指引下，党和国家实现一系列突破性进展，取得一系列标志性成果的历程。纪录片以山海江河为向导，以中国建造为窗口，从点、线、面、体、质五个维度，全方位、立体化、多层次记录了壮丽山河的心跳，展现了新时代伟大中国的全新面貌。一个个直抵人心的精彩画面，一个个护航复兴的超级工程，氤氲着以中国式现代化推进伟大复兴的泱泱气象，承载着以人民为中心的发展思想的家国情怀。面对中国之问、世界之问、人民之问、时代之问，由《大国建造》纪录片改编的图书出版，在一定程度上诠释着"共和国长子"积极融入绿色低碳经济、数字智慧经济、共享融合经济"三大经济形态"，全力实现高质量发展、一体化发展、融合发展"三大发展趋势"，助力实现中华民族伟大复兴的成功密码。

—— 中国能源建设集团有限公司党委书记、董事长　宋海良

　　在全面推进中华民族伟大复兴的征程中重磅推出的《大国建造》，紧扣时代主题，聚焦"中国建造"高质量发展的非凡成就，映射出"国之大者"的家国情怀，勾勒出工业现代化的宏伟轮廓，擘画出欣欣向荣的壮美蓝图。纪录片中，一项项恢弘大气的超级工程，一个个顶天立地的劳动者，一段段引人入胜的平凡故事，共同见证了令人叹为观止的工业景观与感人至深的建造过程，拼筑起大国工匠精神与大国建造实力，凝聚起文化自信的民族认同感与自豪感，激发出对祖国如画、生命如歌、时代如奔腾不息的江河的赞美之情。推出《大国建造》一书正当其时，本书作为高质量发展的"典范"之作，集中呈现了更绿色、更科技、更智慧的大国建造理念，突出展现了中国式现代化中的中国智慧、中国方案与中国力量，不断激励我们以更加昂扬的姿态奋进新征程，建功新时代。

—— 中国五矿集团有限公司党组成员、副总经理，
中国冶金科工集团有限公司党委书记、中冶集团暨中国中冶董事长　陈建光

天地"建"证 《大国建造》导演手记（总导演 潘敏）/ 1
一竖两点，情字浮现 《大国建造》创作手记（总撰稿 喻江）/ 3

第 2 章
勾连天堑

1. 悬索跨峡谷，青山配虹桥 / 040
2. 穿云越雾，飞上云巅 / 046
3. 大地与岛屿相连，爱的地标浮现 / 052
4. 梅子洲头，白练横江 / 058
5. 一桥三通道，共渡长江水 / 064
6. 锚碇山壑间，高铁过江面 / 070
7. 一座城门一座桥 / 076
8. 描绘千年技艺，融合时代律动 / 080
9. 一道连通，两地同框 / 084
10. 高塔入云，江水奔流 / 090
11. 钢铁彩虹，云端闪耀 / 096
12. 长桥卧波，未云何龙 / 102
13. 青山相依，龙游谷底 / 106

第 1 章
城市天际

1. 建筑邀日月，天际亮城市 / 002
2. 凌空纵横，扬帆朝天 / 008
3. 城市生长的律动 / 014
4. 灯火星空 / 020
5. 鱼跃水乡，巨龙腾飞 / 026
6. 光影交织，谱写城市未来 / 034

目录

第 3 章
泼墨地下

1. 冰川造梦 / 112
2. 江海奇观，凤舞其中 / 116
3. 抽山为形，自然生长 / 122
4. 废墟，生命的螺旋 / 128
5. 地下宫殿，城市倒影 / 134
6. 城市的地下动脉 / 140
7. 与宇宙对话 / 144
8. 演变地下，映现人间 / 148

第 4 章
舞动天地

1. 生死时速，爱的极限 / 154
2. 千年史诗开篇 / 158
3. 风云纵横南北 / 162
4. 魔方转身 / 170
5. 山舞银蛇，原驰蜡象 / 174
6. 游龙飞跃天地，心跳撞击冰雪 / 178
7. 陡坡化坦途，纵横叠蜿蜒 / 182

第 5 章
匠心律动

1. 从玻璃拼图开始 / 192
2. 竖起一面秋水，荡起城市波浪 / 196
3. 致敬光的力量 / 200
4. 火轮升腾，凤凰展翅 / 206
5. 千年华夏，着墨此刻春秋 / 212
6. 黄土地上的建筑符号 / 216
7. 让建筑在大地上行走 / 220
8. 七十二变，演绎西游传奇 / 226
9. 光影耀动，击中辉煌 / 230
10. 木棉绽放，听江海潮鸣 / 234
11. 茫崖之花，生于风沙 / 238
12. 屋顶之上，看见青山 / 244

第 6 章
灿烂炳焕

1. 谱写黄河第一曲 / 250
2. 以水为笔，书写未来 / 254
3. 大河滔滔，大爱泱泱 / 260
4. 劈出高峡，拥抱狂澜 / 264
5. 世界屋脊添心灯，电力天路跃高原 / 268
6. 西电东送的大动脉 / 272
7. "黑金"之能点亮万家灯火 / 278
8. 风中鲲鹏，扶摇直上 / 282
9. 以绿色为底，互补未来 / 286

长风万里 《大国建造》导演手记（导演 万劲）/ 324

用镜头穿越地球 《大国建造》导演手记（导演 于潜）/ 326

第 7 章

如日方升

1. 建筑与生命的相逢 / 292
2. 蝴蝶多情思，轻狂近太阳 / 296
3. 钢铁"心脏"的再次跳动 / 300
4. 面朝大海，大鹏展翅 / 304
5. 银色丝带与水天相连 / 308
6. 丝路上的花朵 / 312
7. 钢筋铁骨的"最强大脑" / 316
8. 雄安，未来初现 / 320

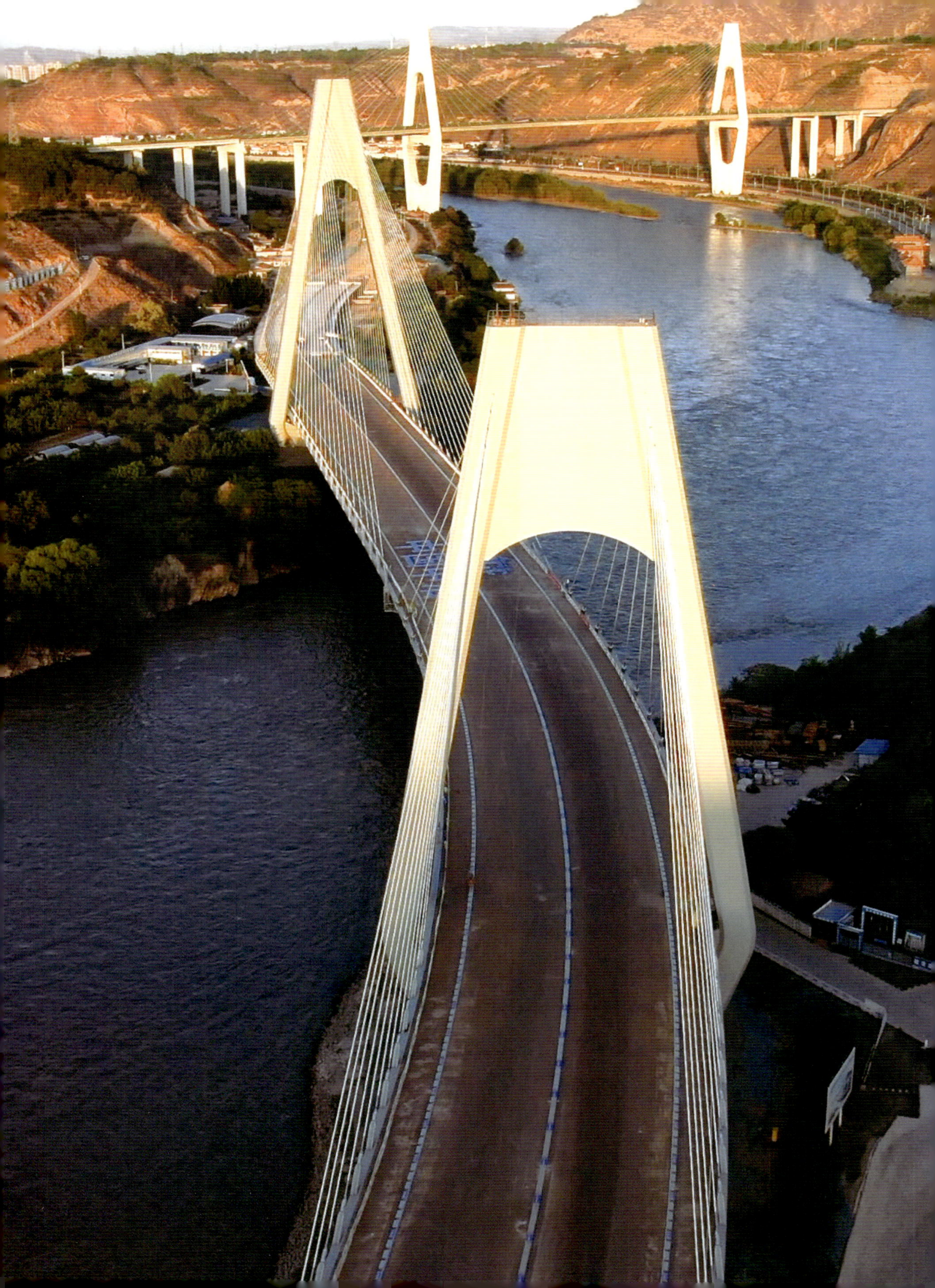

天地"建"证

《大国建造》导演手记

2023年2月4日，立春。

春归万物生。一大早，中国科学技术出版社发来《大国建造》电子版样书，一页一页翻开，一张一张熟悉的图片，涵盖了近10年里诸多能代表国家实力的建造：港珠澳大桥、天山隧道、金沙江大桥、上海洋山港、北京大兴机场、深中通道、白鹤滩水电站、国家雪车雪橇中心、中微子实验站——纪录片《大国建造》第一季、第二季拍摄的80多个工程项目跃然纸上，看着它们，"提手邀日月，宝盖化屋檐，纵横连蜿蜒"的主题歌旋律忽然萦绕耳边，铺陈开大地诗篇般的时空景观。

历时两年、行程20万公里的拍摄，美好和挑战常常相伴而至，拍摄中的每一天都是在解决各种突发状况中度过的。在深圳平安金融中心，万家灯火环绕中的闹市，高楼林立形成的穿堂风，无人机完全无法控制轨迹；在云雾缭绕的阳宝山特大桥，200多米的峡谷猫道上，恐高的摄影师战胜恐惧；拍摄世界屋脊的电力天路，团队受尽高原反应的折磨；海上风电安装遭遇气象窗口的不确定性，我们跟随建设者在海上漂泊，等待了整整27天——诸多意料之中和意料之外的状况不胜枚举。我们力图在有限的时间里，记录下这些工程建设中最真实最难得的状态：云端之上电缆架设的凌空微步，高原之巅露宿的艰苦和"手可摘星辰"的浪漫，伏于地底深处探索宇宙奥秘的未知，千米高坝的横空出世——当这些有限的瞬间凝结成一帧帧画面、一段段文字时，我们希望这些影像和文字能让每一位观众和读者，感受到建设者力与美的共同创造，感受到创作者对江山如画、时代如歌的赞美之情。

"以前有什么装备技术，我们做什么样的工程，现在有什么样的工程，我们就能制造什么样的装备。"这是中国工程院院士、曾任港珠澳大桥岛隧工程总指挥的林鸣先生在采访中曾经说过的一句话。至于建设者，今天强盛的国力、丰富的技术储备，让他们有底气有信心，敢创新敢挑战，他们能够做前人做不到的工程，克服前所未有的施工作业难题，创造令人惊叹不已的"世界之最"；同时也能在偏远山村里那些"最后一公里"的地方，建造那些体现着民生温度的通水通电通路工程。

和建设者架桥修路盖楼一样，纪录片创作者，也在4K超高清拍摄、高速摄影、360度全景、穿越机拍摄等全新技术手段的支撑下，实现思想和艺术的表达。细细雕琢每一处呈现细节，最终在影像里搭建起四梁八柱的建筑，保留下最直观的视听资料，致敬中国数以亿计的建设者，用熠熠生辉的视听之美向世界传递出"大国建造"的实力与自信，从建造这个侧影讲好中国故事、弘扬中国精神。

当视听之美成为纸上墨香，建造，如同光线，前往四海九州，闪耀在天地之间，建设者的"赤子之心""青山看见"。

总导演

潘敏

一竖两点，情字浮现

《大国建造》创作手记

低头俯首，写一个"建"字，用来仰望。

古代天文学家将北斗星的斗柄所指，定义为"建"。天上的斗柄在天那么大的表盘上依次旋转为十二辰，天下就有了农历的月份。

"建"，一字之上，就是穹顶之下，时光的殿堂。

"建"，一字之上，建立的名字，就置身殿堂里。

港珠澳大桥，雷神山、火神山医院，天山隧道，西藏博物馆，水立方，大唐芙蓉园，江河入海口的鲲鹏号，白鹤滩水电站，江门中微子实验室……仅仅是听闻这些建筑的名字，一字一字地念出来，就感觉惊动了山河万物，一念之间，它们就扑面而来：大海涌入眼眸，呼吸的风里，有山巅雪的味道……每一个名字都打开一个时空，连接一个世界，带来一种视野。

循着这些字迹如光的指引，我开始聆听这些名字里蕴藏的故事。

与其说我是撰稿，不如说我是一个聆听者、记录者。我努力倾听一沙、一尘，一阵风、一束光的表达。这些故事，像飞鸟落在纸张之上，组成字迹、句子和段落。现在，希望它们跟随这本书，以卷册为翅膀，飞入你的瞳孔和想象。

怎么理解建造？事实上，当第一束光到达星球，开启时光，就成为天地一脉。整个星球就有了生命的脉动。从那一刻开始，天地的建造就开始了。喜马拉雅跃出海面，万物与人类次第登场。

"出将天外，入相人间"，这是主题歌《青山看见》的第一句。也愿它建立起一个视野，让我们置身时光的宫殿。我们"身披锦绣，绣满春秋五千"，去致敬星球万物，致敬人类传承起山河万物的纵横与蜿蜒，建造起希望之山，生命之河，时光之城。

每一个建造，都是建设者和大地、大山、大江、大海的合作。

在这样的时光殿堂，我们眼如飞鸟，俯瞰千山；身若鱼群，随百川蜿蜒；心同奔马，腾跃在光的丛林。

我们成为一滴水，一束光，一阵风，一粒尘，感受地火水风的流动。

陆地和海洋在亿万年前分开，在此刻连接。港珠澳大桥连接陆海与心愿。此刻的伶仃洋，最懂丹心；

天山隧道，横亘东西的 2000 多公里上 22 公里的一纵，每一粒尘，都见证过神话与传说，瓷器和丝绸连接的四海与九天；

在长江入海口，每一滴水，都映出千江月；

延安大剧院，九曲黄河，新生一曲；

冬奥会的雪游龙，让五环有了龙腾的曲线；

成都大运会体育馆，太阳神鸟，置顶未来；

兰州奥体场馆，带着黄河的蜿蜒，敦煌飞天的视线，也像丝绸之路织出今天的锦绣；

西藏博物馆，一如光的容器；

西安大唐芙蓉园，是所有唐朝诗人参与的设计，一万首唐诗汇聚成芙蓉的花瓣，堆叠出时光的斗拱；

江河之上的水电站，是几代人，以血脉为江河，创造的生命之能。那是一划开卷，加上人的撇捺，写出大坝之"大"。

南京钢铁厂连接起所有的工厂。在人类探索火星的时代，一代代建设者，在时光的熔炉度过火星四射的年代，以光阴铸就光芒，创造了令人仰望的高度。他们的足迹，悄然无声，大地震动。

武汉雷神山火神山，两山医院，不到 4 米高的建筑，却创造爱的极限。医院墙上的涂鸦，是雷神、火神身着的铠甲。它们画在墙上，也刻在中国人的骨骼上。千里江山，又多了两座山……

愿我们记住这些建造，记住这"提手邀日月，宝盖化屋檐"的时光，愿那些天地之间，江河之上，云朵之下，那些被河流、鸟儿、树木、认识的人的名字，都被光线书写。

谢谢财经节目中心。谢谢总导演潘敏和团队。谢谢主题歌《青山看见》的作曲刘迦宁老师和谭维维天使般的歌唱。谢谢所有被"大国建造"感召而来的幸运和欢喜。

宋代李诫，在工匠喻皓《木经》的基础上创作《营造法式》。序言中写道：臣闻"上栋下宇"，《易》为"大壮"之时期；"正位辨方"，《礼》实太平之典。"共工"命于舜日；"大匠"始于汉朝。各有司存，按为功绪。

大国之大，是天之大，地之大，心愿之大。

天地一脉，千山之愿，愿以春秋，敬华夏。

建，是来自北斗七星的光，是时光的脉动，顶天立地的一竖。

一竖两点，情字浮现，赤子的心，青山看见。

仰望中，光芒如竖，星点在侧。那是一个"情"字，天地开卷。

总撰稿

喻江

时间开启天地一脉，补天、填海、登峰、造极，日月见证这颗星球上最初的建造。
在万物与人类登场后，生命如山河，继续建造历史、文明和国度。
建造的浪潮此起彼伏，城市天际线也一次又一次被刷新。
玻璃来自沙，辉映天空或湖面。钢铁来自矿石，创造生长之树。
砂石成为混凝土，承载发展的使命。
走进今天的中国地标，脉搏来自天地，心跳经过你我。

第1章

城市天际

1. 建筑邀日月，天际亮城市

平安金融中心大厦

崛起的摩天大楼，是一个城市蓄积能量的指征。它们是蓬勃发展的经济生态里生长出的钢铁丛林。现在，400米以上的超高层建筑，中国的拥有量超过全球总数的一半。这是改革开放40多年后的新高度，不仅吸引了全球垂直马拉松爱好者前来挑战，还推动了这项赛事在中国的发展。垂直马拉松起源于1978年在美国帝国大厦举办的攀登比赛，全球每年有数百万人参加，选手以奔跑的方式登上城市地标，仿佛要去往浪潮之巅，登上最新高度，站在云顶打卡。奔跑的是选手，也是城市与国家。

城市超高层建筑就是大地上的海浪，象征着城市化一往无前的浪头。向几百米高的深圳上空望去，有一片错落有致的摩天大楼，它们绵延至天边。这就是深圳的城市天际线。

1985年，深圳建成中国第一座超高层建筑——深圳国贸大厦。这栋建筑共有53层，高160米，建造过程中三天一层楼的"深圳速度"，不仅刷新了当时建造摩天大楼速度的世界纪录，也彰显了中国改革开放的信心指数。

2016年，这里再次生长出新高度——平安金融中心大厦。大厦主体高度600米，拥有近40万平方米的办公区和商业区，最多可容纳15000多人，占地面积却仅有3800平方米。这种建造方式最大限度地提高了空间的使用效率。它以茂盛的姿态，成为此刻深圳城市心跳起伏的高点。

这栋600米的城市新高度的根脉是8根深藏地下的巨柱。它们从地下贯通地上，支撑起平安金融中心大厦。每一根巨柱的承载力都超过7万吨，相当于一艘"辽宁号"航母的排水量，8根巨柱承载了大楼60万吨的重量，堪称中国最大的工程桩。建筑的玻璃幕墙后面，藏着7道环型钢桁架，像7条金腰带一样，将8根巨柱紧紧环抱，共同组成了一个非常好的受力筒体，增强了大楼的结构强度。

建筑师和大楼运营者要对大楼的全生命周期负责，通过数百个传感器，他们每天都对大楼进行实时监测。超强台风"山竹"经过时，大楼的变形只有300多毫米，这仅是大楼最初设计的变形量的50%。

面对超强台风也不变形的"定楼神针"，铆进地下深处70米处。大楼建设时的基坑开挖深度为33.8米，最深处达70米，周长544米。这个基坑最后成为平安金融中心大厦的地下停车场。

在城市中拔地而起的高楼

八根工程桩撑起大厦主体　　　夜晚的平安金融中心大厦

　　基坑地处闹市区多条城市主干道之下，周围是3座超高层大楼，其中还遍布着复杂的电力、给水、燃气管线。距离地下停车场6米左右的地方就是深圳市地铁一号线。巨大的基坑如果出现任何闪失，都可能威胁到地铁的安全。施工过程中，建设者需要保证周边环境的变形小于4毫米，以确保这条城市干线能够全程正常运行。

　　这是堪比外科手术的精准施工。建设者首先要在基坑周围筑起地下连续墙，用以挡土、挡水和加固正在施工的基坑；然后采用"袖阀管注浆"法灌注水泥净浆，提高基坑与地铁之间的松软土体的紧实度，这相当于一道双重保险，在基坑与地铁轨道之间筑起一堵坚不可摧的保护墙。在这一系列措施的保护下，最终完工后，周边环境的变形只有3.8毫米，建设者无疑超额完成了任务。这是奇迹，更是实力。

　　基坑，是一股真正的生长力量。这股力量，藏于大地之下，仰望天空。

　　现在，中国建造有了建设超高层建筑的技术实力和为全世界服务的能力，但我们还要继续探索，发展精细化建造、可持续建造，真正体现出大国建造的水平和贡献。

第 1 章　　城市天际

万家灯火环绕的"中国极限"

第 1 章　城市天际

2. 凌空纵横，扬帆朝天

"八纵一横"摩天楼群

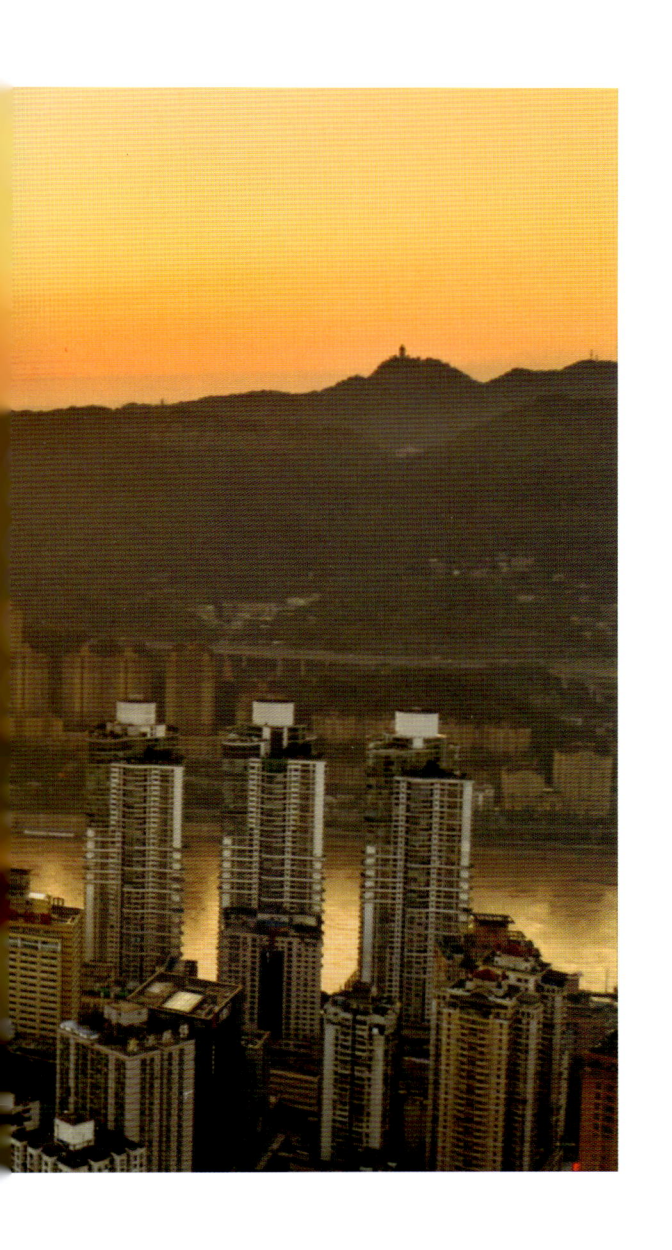

穿三峡，通江汉。这里的大江大河，朝天而行。大江融汇百川，千山演化万象。魔幻因此而生。这里就是重庆朝天门，在这个千帆竞发之处，人们竖起新的风帆。

在朝天门广场上，8座超过250米的摩天大楼拔地而起，仿佛重庆所有的梯坎都汇聚在这里，向天层层叠加。重10万吨的钢结构是整个建筑群的骨架，它们的总用钢量超过两座鸟巢。这个超级工程正在刷新重庆的天际线，成为山城的新地标。

整个建筑群的"点睛之笔"是一座全球最大的横向摩天大楼。它横跨在250米高的4座塔楼之上，长300米，宽32.5米，高26.5米，总建筑面积1.2万平方米，总重量达4万吨。

这座横向摩天大楼的体积相当于8个标准游泳池，横亘在250米高空中的钢

重达 3000 吨的钢结构

钢结构几乎贴着楼体上升

水晶观景长廊外观

010　　大国建造

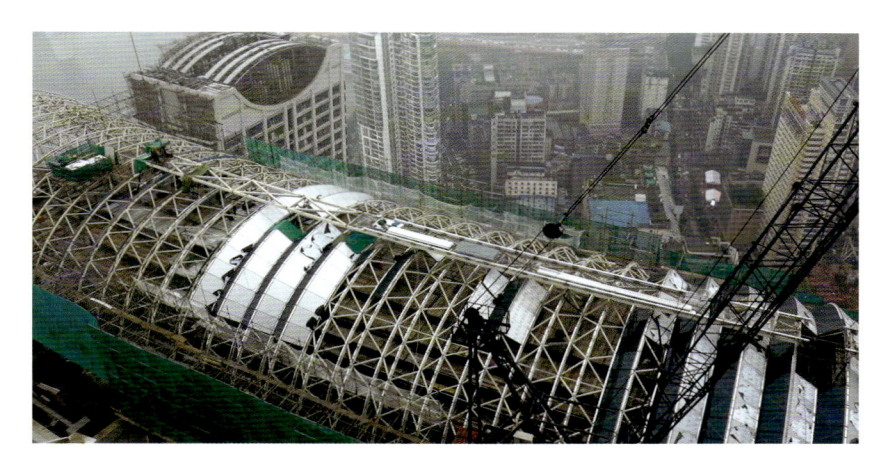

施工中的水晶观景长廊

结构玻璃连廊宛若一条悬于空中的海底隧道，晶莹剔透的玻璃构造，将公共空间及城市花园带到重庆的上空。在廊间行走犹如漫步山城云端，270度全透明的"上帝视角"，让行人可将重庆的江景、山景尽收眼底。人们来这里眺望天际线，而这里本身也是天际线的一部分。

建设者用16台巨型液压提升装置，将重达3000吨的钢结构，分三次运到250米高的摩天大楼上。千吨"骨架"在塔楼的夹缝中缓缓升起。上升时，距离楼体的最小距离仅有60厘米。一旦骨架与塔楼发生碰撞，后果将不堪设想。朝天门地处长江、嘉陵江交汇处，塔楼间形成的穿堂风是这次安装最大的挑战，建设者要在风平浪静的窗口期尽快完成起吊。这次任务宛如站在地上，却拉起朝天之帆。

施工期总计20天，不分昼夜，整个过程不容闪失。最终，长度300米、总用钢量1.2万吨的水晶观景长廊如期结束施工，这座"横向摩天大楼"的长度、高度均创世界之最。

整个建筑群构成建筑史上令人惊叹的八纵一横。江山倒映在城市高楼的玻璃幕墙之上，依旧如画。记忆并未消失，故事被存放在建筑里，但是有了全新的纵横，人们开始书写新的传奇。

朝天门广场上的摩天大楼

第 1 章　城市天际

3. 城市生长的律动

大型钢构件

钢构件转动

钢铁骨骼延伸生长

城市生长，昼夜不息。

超高层建筑是衡量一个国家科学发展水平和综合实力的重要标志之一，也是检验一个国家钢结构技术的标尺。数百年来，人类将钢结构使用在建筑上，让世界的面貌发生了巨变。

总高 458 米的重庆陆海国际中心内部，有 7 万吨，近 4 万个大小不一、形状各异、均为定制的大型钢构件，它们是城市生长的骨骼。

所有吊起的钢构件的平均重量达 40 吨，它们一起拼接成 18 根 433 米高的巨型钢铁立柱，构成整个建筑的脊柱，承担整栋建筑的重量荷载，同时它们也是现代建筑的栋与梁。18 根钢铁骨骼一截截向上生长，而随着施工高度的增加，难度也在加大。对接时，建设者必须一遍一遍地用棱镜核对，再用千斤顶一点一点地移动，才能将对接口错位控制

建设者在调整对接口

焊缝连接

不到 3 平方米的施工平台

第 1 章　城市天际　　　　　　　　　　　　015

陆海国际中心的钢铁帆影

巨型钢铁立柱

在 5 毫米以内，避免在后面的各个工序中积累误差。

对接就位，焊接随即开始。焊缝连接是目前钢结构建筑的主要连接方法。高空施焊的技术要求极高，焊工必须连续不断地焊接，中途一旦停顿，焊缝里就会夹带杂质，影响焊接质量。随着高度的提升，焊接的难度也越来越大。为了保证焊接区域的气体不受高空风速的影响，建设者在焊接部位撑开一个小焊接棚，但这也让工作环境更加艰辛。

4 万件钢结构带来了巨大的焊接工作量。在这个横截面积不到 3 平方米的地方，建设者要完成 3 万米的焊接作业，连结焊缝的总长度相当于 4 个珠穆朗玛峰的高度。他们是建设者，也是攀登者。总高度为 458 米的摩天大楼，建设者以 7 天一层的速度冲顶，不断刷新这座城市的高度。陆海国际中心的钢铁帆影，彰显着此刻的风动和心动。

在同一座城市的另一个角落，成都钢结构加工厂里正在研发生产一批新的钢构件，新的生长又蓄势待发了。坚固的钢铁能支撑高耸的大楼，能建造出大跨度的桥梁，更能为一个国家打下坚实的工业基础。

从一颗螺丝钉到摩天大楼，从缺铁少钢到全球第一，中国制造、中国创造、中国建造正在共同发力，持续改变着中国的面貌。

陆海国际中心

第 1 章　城市天际

4. 灯火星空

建设中的成都"468"大楼

楼顶的造楼机

　　成都东边的 3000 年古都重庆，此刻也迎来了新的生长。山城高低错落的地理空间，激发着中国建造者竭力展现智慧和人性关怀。加快建设西部经济中心的大幕已经拉开。而地标，就是这股建设力量的凝聚体现，是为城市发展标注的感叹号。

　　"窗含西岭千秋雪，门泊东吴万里船。"这里曾是杜甫诗篇的创作之地，现在这里又开始创造文明的高峰。一切还未停止，高度还在攀升。成都绿地"468"大楼的建成高度为 468 米，超过了现有的成都第一高楼——339 米的电视塔。楼顶的巨大装置，就是高度的生长点，标志着成都开始创造西部第一高。

　　这个巨大装置就是最新一代空中"造楼机"，它是中国首创智能化施工装备集成平台。平台如同一个巨大的高空旋转餐厅，集合了超高层建筑施工所需的几乎所有关键要素。在智能平台的帮助下，3 天就可以建成一层楼。

第 1 章　　城市天际

"468"大楼工地

大楼表面

"造楼机"整体

"造楼机"整体有5层楼高，自重近1000吨，再加上塔吊、物料等，总重接近1500吨，相当于1000辆小汽车的重量。这是中国乃至全世界范围内最大、最繁忙的建筑工地。工程师和设计师经过数十年的历练和洗礼，创造出充满中国智慧的超级装备。

工程师利用建筑物混凝土表面的3厘米凸起，支撑造楼机的巨大荷载，成功让其顶升，这是中国工程师的独特发明。这样做的原理就像我们把搓衣板捆到其他东西上，再将重物与其竖向相对，它就可以承受比较大的荷载。建筑物的混凝土表面就像是一个超级大的搓衣板，若干个微凸支点加在一起，就可以承受几千吨的荷载。液压油缸负责提供动力，依靠微凸支点，大楼的墙体就变成了攀岩墙，造楼机驮着负重，像猴子爬树一样，一层层向上攀爬。

施工人员驾驶着1500吨的高空巨无霸，在300多米的高空，经历了7个小时的空中漫步，68次顶升作业，终于完成了4.4米的爬升，抵达新的作业面。每一次顶升都是一个挑战，因为每一次顶升就意味着爬升3到7厘米的新高度。

摩天大楼造楼机的研发成果，也被运用到住宅楼的建设中。人性化的设计，使中国庞大的一线建造者群体受益。从100多米，到200多米、300多米，再到468米，这绝对不是我们的极限，中国建造的顶升还在继续。

成都，2000万常住人口的超级都市，一直受限于"两山夹一城"的空间格局。杜甫曾在这里写下"安得广厦千万间"。而千秋雪后，"造楼机"助力城市迎来此刻欢颜。东进，成渝联手，突破局限，实现成都升级发展的千年之变。

高楼上，灯火成为星空。

夜光中的"468"大楼

第 1 章　城市天际

5. 鱼跃水乡，巨龙腾飞

宛若鱼尾的苏州国际金融中心

从地平线拔地而起的 400 米以上超高层建筑是人类的创造。但是楼高带来的稳定问题也一直困扰着人类。设计者尝试在高楼顶部安置各种类型的阻尼装置，这样当强风或者地震来袭时，楼顶的阻尼装置就能产生一个反向作用力，减缓大楼的晃动。

苏州国际金融中心高 450 米，像一条鱼尾，从江南水乡一跃而出，跃出中国经济强省江苏的第一高度。它采用的是全球最经济的水箱式阻尼装置。

一个体积 1300 立方米的高位重力水箱被安置在大厦顶层，人们利用液体的天然流动性，来保证强风中楼体的相对稳定。

在包裹水箱的钢板外，建设者用保温岩棉铺设了一道保温层，防止水箱中的水在冬季发生凝结。因为无法直接观测到水箱中的具体情况，建设者要依靠水箱阻尼器的加速仪，来进行最后的检查。这是用来监测水箱中水流动情况的"黑匣子"。

苏州国际金融中心正面

　　60年不遇的严冬降临姑苏，持续的冰雨敲打着大楼建设者的心。因为担心寒冷导致水箱凝结，建设者立即爬到大楼的最顶层，对液态阻尼器的保温层进行检查。水箱阻尼器的加速仪绿灯闪烁，阻尼器一切正常。

加速仪内部

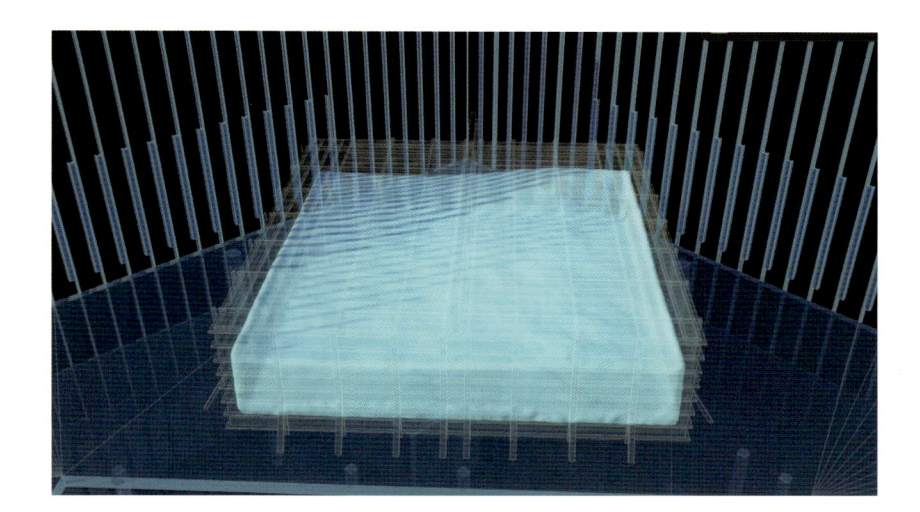

苏州国际金融中心水箱式阻尼装置

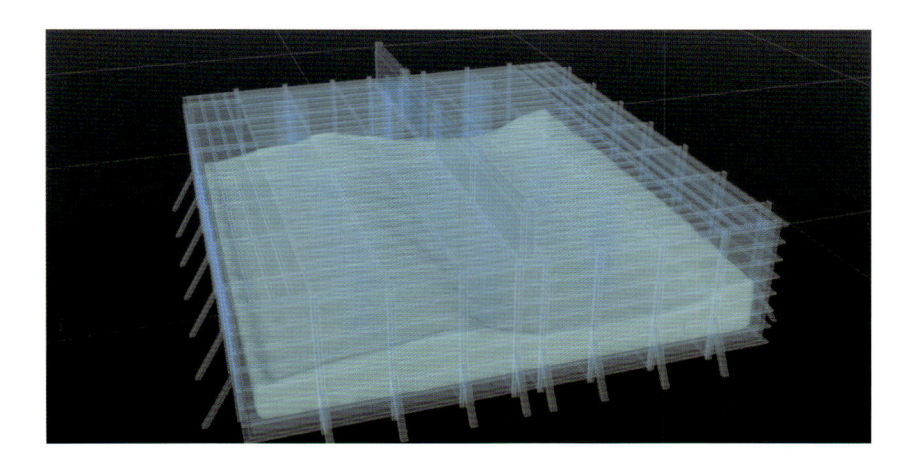

利用液体流动的特性

调谐质量阻尼装置

在距离苏州国际金融中心 85 千米的上海市浦东新区，有高 632 米的中国第一高楼——上海中心大厦。它拥有目前全球最大的调谐质量阻尼装置。阻尼器上的雕塑名为"上海慧眼"，灵感来自《山海经》中的"烛龙之眼"。

12 根 26 米长的钢索，吊起重达 1000 吨的质量块。当强风来袭时，楼体晃动，质量块开始做功，将动能迅速转化为热能消耗掉，减缓大楼晃动。但质量块不能无限制地运动，它的运动必须要被控制在许可的范围之内。阻尼器采用的电涡流技术曾被用于磁悬浮等工程，但这项技术被用于制造风阻尼器，是中国首创。

上海慧眼正面图

上海中心大厦的阻尼器，能够保持在人们控制的范围内运动，其核心就是永磁体。只要永磁体中心磁场的强度达到两毫特，阻尼器的运动就可以被控制在许可范围内。面对千钧之器，工程师们每一步都不容闪失。模拟限位杆的动态测试试验结果显示，中心磁力2.76毫特，满足设计要求。

上海中心大厦楼顶

上海中心，无惧风雨，自成风云。

外滩上的上海中心大厦

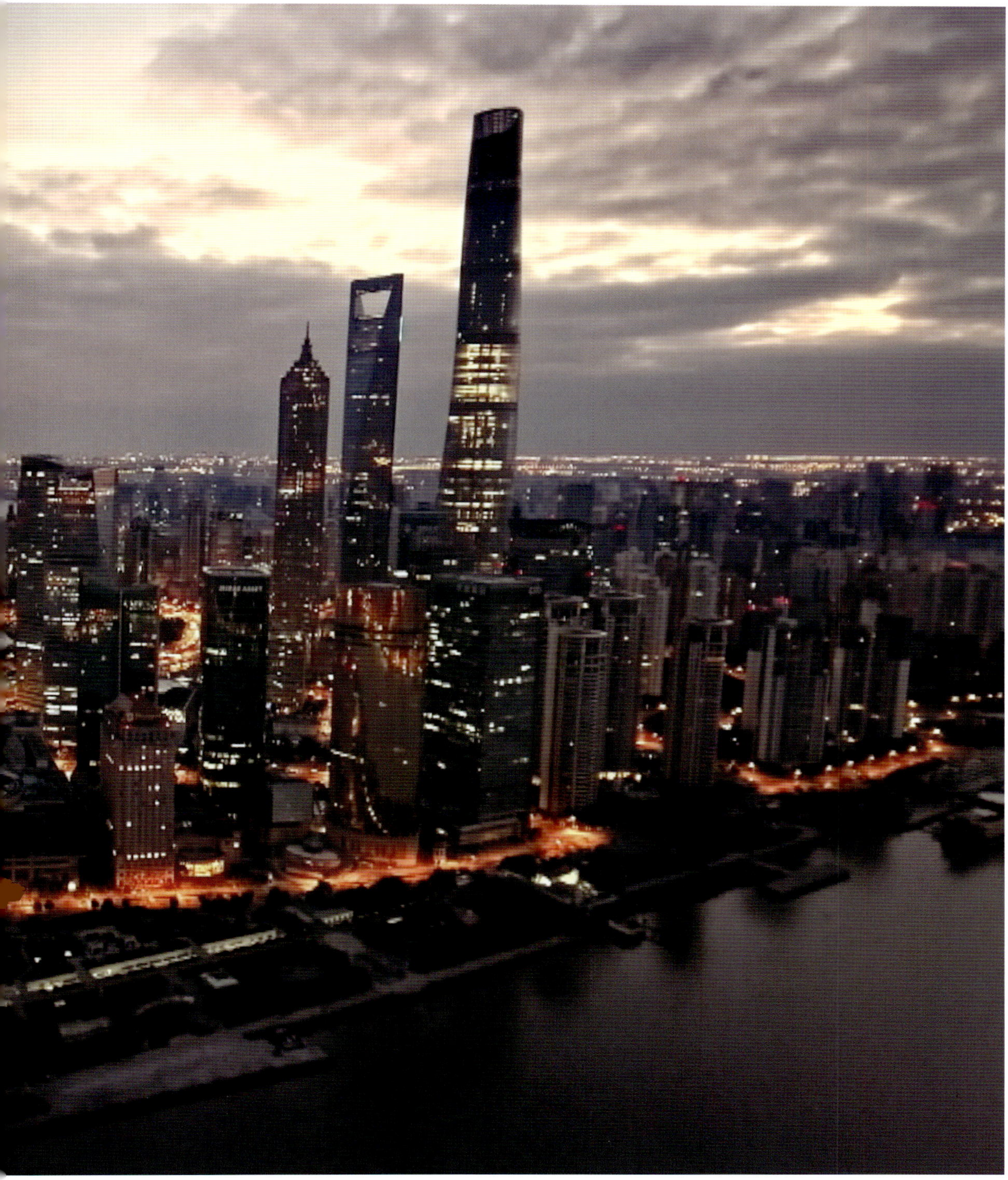

6. 光影交织，
谱写城市未来

广东横琴粤澳深度合作区

横琴，千年的海边小岛，被带入时代浪潮，勾连港珠澳。双子塔像琴弦向天弹奏高音，声声动人。

建两栋建筑，像造两束光。越往上，施工难度也越大。7万吨钢结构组成双子塔的骨架，且全部现场吊装，像搭积木一样。

这是智能焊接机器人首次走进施工现场，但是其起点就在峰顶。激光扫描精准确定焊缝位置、宽度、深度，极其微小的信息都会被机器人完全捕获，全流程都无需人为。

建筑与科技的同行，不

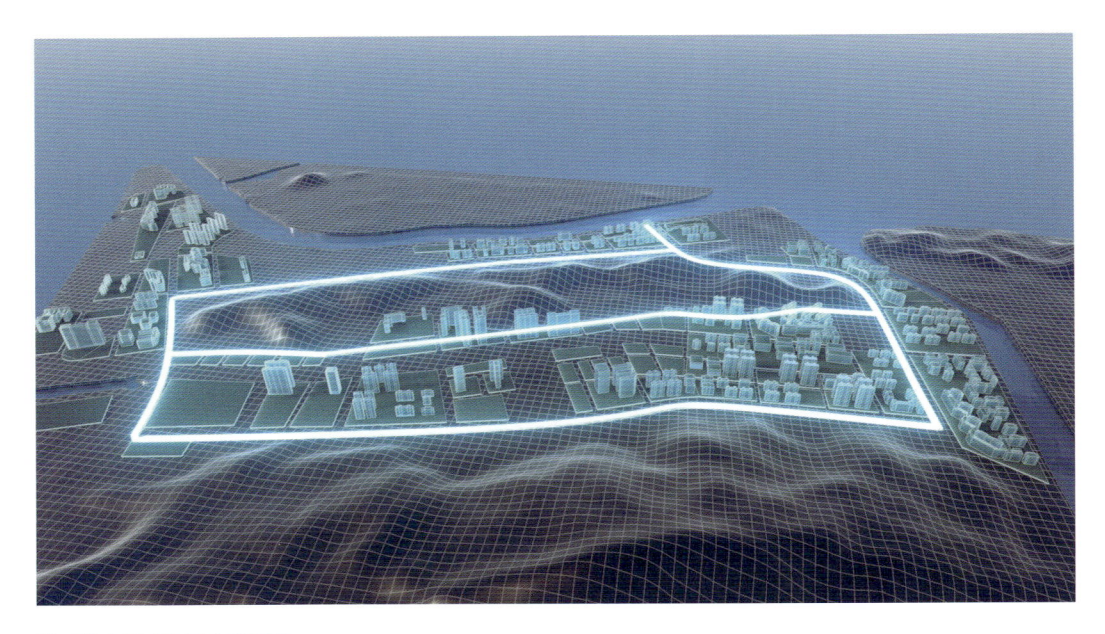

地下管廊形成的日字型闭环

智能化控制系统

国内最长的地下管廊

仅意味着焊接质量、效率的提升，而且高空、高危的风险作业，都能由智能焊接机器人完成。科技正在解锁更多的未知与可能。

智能焊接机器人，将历史与未来焊接。

每个焊缝，每根钢筋，每滴汗水，都是梦想的地标。

采集星空，到达这里。

山水之间，云河之际，"虹桥"勾连天堑。

大半个世纪，神州大地建起的座座大桥，让中国形成一个高效的交通网络，促进了南北经济的连接与汇流。

百川之上，古老的智慧与现代建造技艺，融合出一道道新的"彩虹"，混凝着此刻中国发展的万千气象。

第 2 章

勾连天堑

1. 悬索跨峡谷，青山配虹桥

金沙江大桥飞跃峡谷

金沙江在汇入长江之前，从青藏高原向云贵高原奔流，3000千米一路劈开山体，将崖壁陡峭的V形峡谷安置在彩云之南。

峡谷之中，风可穿行，云能游走，而人，只能以视线眺望。

峡谷边的村庄，与40千米外的丽江仅有一江之隔。曾经，当地居民到丽江去很不方便，每一家每一户都是用马。不远处，金安金沙江大桥已经建成，之前在马上完成的旅程，马上就将成为历史。

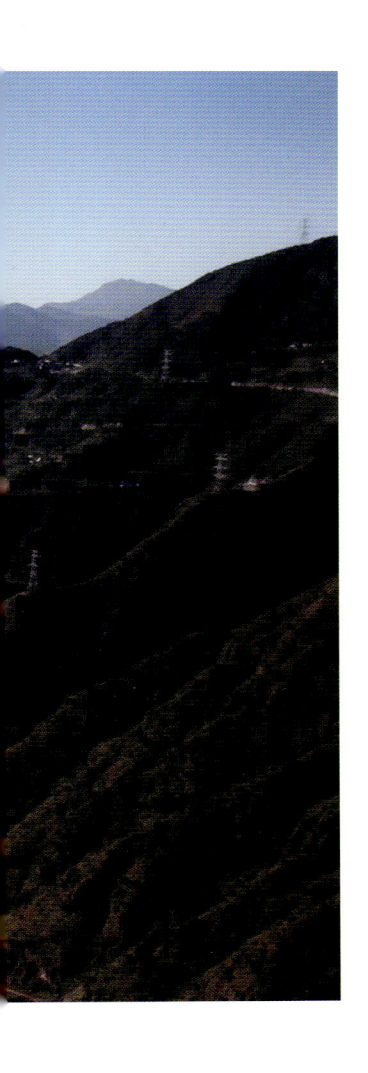

金沙江大桥修成前，人们只能骑马过江

双向四车道的大桥

金沙江大桥的抗风结构远景

金沙江大桥的抗风结构

这是全球跨径最大的山区钢桁梁悬索桥，飞跨峡谷1386米，连接的华丽高速是川西南、滇西北唯一一条东西向高速公路，也是云南连接南亚的国际大通道。双向四车道的大桥，相比1386米的主跨距离，桥宽只有27米。这是世界上跨宽比例悬殊最大的桥梁。从高空看，它就像一根长长的面条，特别柔，横向风太大的话，大桥横向的位移就会特别大。

悬索桥实际上是最怕风的一种桥型。跨度越大，桥梁对风就越敏感。抗风，是这座大桥最关键的技术。12个设计方案、上百次的风洞测试，一个纵横全桥的八字形展翅抗风稳定板，为大桥度身定做。它可以改变大风走向，分流风力强度，将大风对桥梁的横向作用力降低到最小。

第 2 章　勾连天堑

大桥宛若一根"面条"

八字形展翅抗风稳定板内部

稳定板上的U形钢结构

大桥主跨 1386 米

　　桥面底部，一道道像人的肋骨一样的 U 形钢结构能增加桥面板的刚度，这是大桥抗振的秘密。传统的单面焊接，只焊接了 U 肋的外侧，厚实的钢板内部与桥面板的连接并不紧密，大桥的抗振和使用期限会受到影响。工程师们采用焊接机器人，钻到 U 肋里，完成双面熔透焊接，突破了这个令世界桥梁建设者都感到头疼的难题，让大桥的筋骨更为坚实有力。双面熔透焊接的疲劳强度可以达到 90 兆帕以上，使用寿命是以往的单面焊接的两倍以上。在金安金沙江大桥投入使用之前，没有任何一座桥是全桥大面积使用这一技术。

　　防风板和双面焊这两项世界级的创新，让大跨径悬索桥抗风抗振有了新的解决之道。更多高山峡谷的云端之路，将从建设者的手中，来到我们的脚下。

　　在所有需要的地方，建立道路和桥梁。只为惠泽一方水土。这是中国的决心。

第 2 章　勾连天堑

2. 穿云越雾，飞上云巅

创新，激活时空，挑战极限，让中国西部云雾缭绕的山谷，与云时代互联。

穿越云雾，来到丽江300千米之外，一座"云巅之桥"正横跨独木河大峡谷。这是贵州省第一座六车道山区悬索桥——阳宝山特大桥。

100年前，中国仅能修建小型的公路桥梁，长江黄河、高山峡谷的天堑互通互连，成为百年一愿。今天，仅公路桥梁就已超过80万座，高铁桥梁总长达1万多千米，它们跨越高山大川，连通城镇村庄。

在悬崖边开辟出的钢桁梁拼装场，57节钢桁梁正在拼装。每节钢桁梁重量超过200吨，相当于100多辆家用轿车的重量。它们将由大型缆索吊逐个起吊到桥面，在高空中完成对接。这是大桥建设最关键的时刻。

钢梁吊桩

悬空猫道凌驾在万丈深渊之上

建筑工人拼装钢桁梁

建筑工人高空探险调整钢梁受力

悬置云端的阳宝山特大大桥

第 2 章　勾连天堑

钢梁被两条1000多米的钢缆悬挂在高空

两点起吊

　　山谷气候复杂多变，全年平均大雾高达182天。有雾时会停止吊装。因为在这种状况下，起吊重物，包括工程师对外界进行观察，都很困难。起重伤害、高处坠落、坍塌，这些潜在的风险在大雾天气极易发生。

　　终于，云开雾散。第一节钢桁梁正式起吊。钢梁安装，意味着最艰险的高空作业开始。

　　两根直径60多厘米、长度1100多米的主缆，是大桥的生命线。由于另一侧全是陡

被两条钢索固定的钢梁

峭山崖，阳宝山特大桥的钢桁梁只能从一侧起吊，200多吨的钢桁梁要悬在主缆上平稳飞行300多米，中间还要自动旋转90度。建设者不得不挑战两点起吊，这是悬索桥钢桁梁吊装的新技术。两点吊的两点受力，能解决空中旋转就位的难题，另外，两点吊受力比较明确，效率也大大提高。

耗时3个小时，第一节钢桁梁就位，即将与吊索连接。按照惯例，连接吊索前，项目负责人要爬上猫道，检查确认。悬空猫道距离江面316米，脚下就是万丈深渊。

钢桁梁与主缆连接。200吨的重量应该从吊具向吊索卸载，吊具上不再受力。然而，连续卸载了30吨，吊具却没有任何卸力的迹象。悬吊在空中的庞然大物，多悬一分钟，就多一分风险。

项目负责人凭着多年建桥的经验，迅速判断出问题出现在卸载平衡上。钢桁梁从吊具卸载时，千斤顶不断调整钢桁梁重心，两点吊需要自始至终保持初始平衡状态，避免吊具的偏心受力。接下来的几个月，大桥又完成了56次高空架设，每一次都伴随着未知和挑战。

和千山一同屏息，一道钢梁，起笔空中。五十六笔，完成云端的描红。建造的笔墨，在山间、海上书写，千里成行，奔涌不息。

3. 大地与岛屿相连，爱的地标浮现

舟岱大桥——世界上最大跨径的海上三塔斜拉桥

建设中的舟岱大桥　　　　　　　　　　　　　百米高的桥墩在岸上筑成

建筑人员对大桥进行海上拼装　　　　　　　两节桥墩成功对接

  岛屿与陆地在亿万年前分开，在此刻相连。宁波舟山港主通道跨海桥梁群工程从浙江舟山本岛延伸至洋山港，最终接轨上海东海大桥、杭州湾跨海大桥，一个沿海大通道把不同的地名，像珍宝一样串在一起。

  舟岱大桥是世界上最大跨径的海上的三塔斜拉桥，需要兼顾船舶通航、航空限高等多重要素，因此采用了三座 180 米高的主塔，两座 550 米主跨的结构。它可以满足近期 5 万吨级、远期 10 万吨级的集装箱船，以及桥下双向通航的问题。

跨海大桥连接岛屿

陆地预制、海上拼装，这种方式能减少海上作业人员和工序，还能减少施工对海洋的影响，这是中国桥梁建设的一场前所未有的技术变革。大到千吨重的桥墩、百米高的桥塔，小到拼接构件，都在岛上整件制造。预制完成之后，运输驳船装载着这些构件，在拖船的牵引下，经过 4 个小时的海上航行，运送到海上吊装现场。

混凝土桥墩单体重量接近 600 吨。吊起这样巨大的桥墩，需要一台力量惊人的海上起重船，像搭积木一样，将桥墩与承台实现精准对接。整个过程完全靠钢丝绳的放和收实现对接位置调整，风浪大的时候，吊具就会来回晃，对接会变得非常困难。而舟山本岛与岱山岛之间的这片海域，是世界三大强潮海湾之一，也是高风速带，年均 6 级以上大风天数为 125 天。建设者们必须时刻关注天气情况的变化，等待最佳气象窗口再进行桥墩吊装。一旦起风，处于悬吊状态下的桥墩随时可能因潮涌而导致重心不稳。工人必须用最快的时间，将桥墩与承台精确对位。

岛上预制、海上沉桩、桥墩吊装、大桥箱梁吊装，大桥建设的每一天，建设者们都在与大风大浪合作。大海已经融入他们的血脉。

宁波舟山港主通道全线竣工后，共有 10 座跨海大桥，跨越 8 座岛屿，全线总长 86.68 千米。它将一路向北连接上海，成为世界上最长的连岛高速公路和最大的跨海桥梁群。从此，长三角的每个城市，都将因为这个高效快速的跨海通道，重塑经济地理空间。

大地、岛屿相连。爱的地标浮现。

长三角的所有城市都将被大桥沟通

第 2 章　勾连天堑

4. 梅子洲头，白练横江

南京江心洲长江大桥

江苏，中国大陆东部沿海的中心。水，是这片土地的命脉。

浩荡长江悠悠而下，贯穿东西，也成为切断南北交通的天堑。1968年建成的南京长江大桥，全长6700余米，是长江上第一座由中国自行设计和建造的双层式铁路、公路两用桥梁，有"争气桥"之称。它不仅建在这里，也建在史册里，建在中国人的集体记忆里，激励着中国建造人不断跨越新的天堑。

沿着长江一路向西，相隔13千米的梅子洲头，南京江心洲长江大桥如一条白练横跨长江。它的主桥全长1796米，是目前世界上最大跨度的钢混组合三塔斜拉索桥。巨大的跨度对桥梁的重量提出严苛的限制，大桥必须瘦身近一半的重量，才能实现力学和美学的完美结合。工程师们要去完成一个几乎不可能完成的任

对试验材料进行极限承重测试

活性粉末、钢纤维、细砂、碎石等材料精确配比

粗骨料活性粉末混凝土预制桥面板生产

新型混凝土结构

务，来实现大桥的精准瘦身。

100多年前，混凝土的问世，引发了世界范围内建材领域的革命，掀起基建的新风潮，也成为一个国家发展的指征之一。而今，混凝土浇筑的，是中国建造正在生长的力量。一款新型的混凝土材料在这股力量中诞生。对于活性粉末、钢纤维、细砂、碎石等材料，研发人员掌握了它们的精确配比，破解了大桥瘦身的秘密。

无数次试验，造就出新型材料。这种粗骨料活性粉末混凝土，跟传统活性粉末高性能混凝土相比，成本减少一半，结构抗压强度却达到普通混凝土的2.5倍。各种形状的钢纤维像拉链一样，让整个一块桥面板形成一个很强大的整体。一块长11.3米、宽6.9米的粗骨料活性粉末混凝土预制桥面板生产完成之后，还要经过15天的水中养护，再次晾干。与同样大小的传统混凝土桥面板相比，每块新材料桥面板的重量从70吨减轻到45吨，厚度从28厘米减少到17厘米。它们即将汇聚、连接、铺展，成为未来之路。

494块新材料桥面板，隐藏于钢箱梁与沥青路面之间。高强材料能实现

大桥健康观测中心

更大的承载力，整座大桥因此减重高达 15000 吨，瘦身近 40%。新材料用于这种组合结构桥梁当中，在世界上还是第一次，包括所有的工艺，全部都是没有任何经验的，全部都是从零开始。

这是新的起点。

建设者身经百战，新材料也经过严苛的检测。"苗条纤细"的南京江心洲长江大桥，能否通过被称作"出生体检"的荷载试验测试？建设者钻进大桥箱梁，头顶就是新材料分布的桥面板。244 个应力测试点分布于此，这里将检测荷载试验中桥梁受力的瞬时变化。新材料性能优劣的每一个细节，都将在实战中经受考验。

大桥健康观测中心，记录和监测着这个 4134 米的桥梁毫米级的桥体变化。数据采集，不仅服务于大桥的管养，对未来的桥梁建设也将提供宝贵的信息。未来，在大桥

100 年的全生命周期，每一个瞬间的呼吸和心跳，都能在这里进行常年 24 小时的实时观测。

夜幕降临，气温趋于恒定，是荷载试验的最佳时机。每辆车装载 40 吨，一共 38 辆重型卡车，逐一加载至大桥中央。加载总和超过 1500 吨，相当于 1000 辆家用小轿车同时从桥面经过。每一个工况的加载都会给大桥带来巨大的压力。大桥在极端荷载测试下，桥梁会向下弯曲，塔位也会随之偏移，现场实测数据需要与设计值精确吻合，大桥才能通过考验，投入使用。

荷载试验完成，大量的数据呈现出大桥的安全性，新型混凝土材料性能完全达到了设计标准。混凝土协调受力的优势完全发挥出来，实现了力与美的完美结合。大桥从一个梦想，变成现实。

从这一刻开始，大桥将承担起它的百年使命。

5. 一桥三通道，共渡长江水

常泰长江大桥双层桥体（外）

常泰长江大桥双层桥体（内）

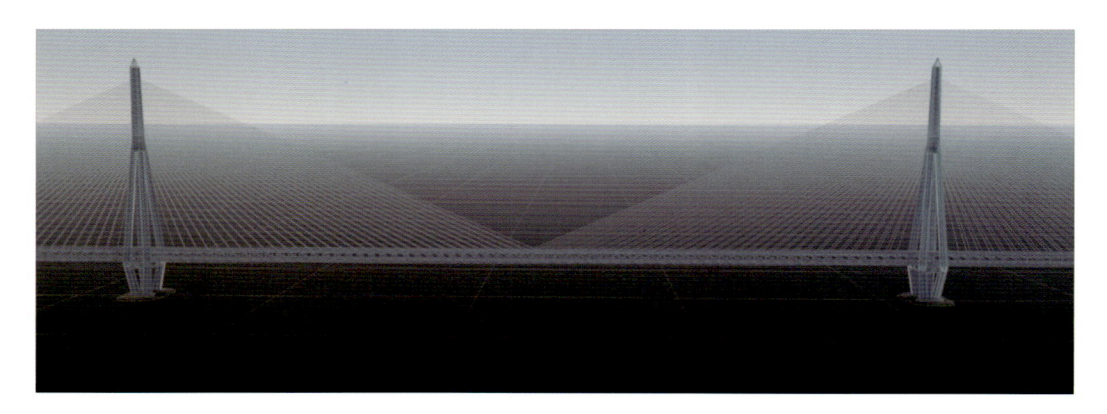

常泰长江大桥结构图

常泰长江大桥是人类目前为止，设计跨度最大的斜拉索桥，主跨 1176 米。双层桥体结构，上层是公路，下层公路、铁路各占一半，时速 200 千米的高速列车从这里越江而过。

这一不对称布局，对大桥提出的最大要求就是基础稳固。大桥基础的核心——沉井必须保持稳定的姿态，一旦偏离，这个钢铁巨兽上的施工团队和各种大型设备都将面临巨大的危险。

5 号沉井，截面面积相当于 13 个标准篮球场总和，总重量超过 22 万吨，相当于两艘重型航空母舰。一旦倾塌，就是世界级的惨剧。

沉井姿态的数据，通过北斗导航直接传到主控室。沉井姿态一旦偏移，项目组必须马上采取措施，让倾斜的沉井正过来。沉井共有 36 个仓位，每一个仓位都安置了排水、排泥 2 根管线。这相当于 72 根血管。只有所有"血管"同步作业，沉井才能垂直下沉。任何一根被堵住，都会导致无法工作。这个问题并不难解决，只需要更换管线即可，但更大的问题是下沉受阻。除了最为原始的挖泥，没有任何办法。全部人手从 60 多米深的江底开挖，72 根排泥管道开足马力，建设者盯紧了沉井的每一根"血管"，经过 24 小时连续作业，这个钢铁巨兽终于被拉直。

但是，更加严峻的问题浮出水面。冬季是长江的枯水期，是沉井作业的最佳窗口期，因此每天下沉 50 厘米是沉井作业的底线。然而，由于水下岩石的阻挡，连续 5 天，沉井每天下沉不足 2 厘米。光靠抓斗去抓石头，效率太低！要击碎水下岩石，行业内并不缺少大型装备，但能否启用，却要格外慎重。因为在全球水下沉井作业中，有 7% 的作业遇到了突发沉降，那意味着下沉的姿态全面失控。作为全球最大的水下沉井，项目面临的风险也是世界级的，如果遭遇突发沉降，项目将面临严重的打击。项目组决定采用保守方案，增加机械抓斗的使用频率，来解决沉井的下沉速度问题。然而，沉井下沉的速度并没有得到提升。

五号沉井外景

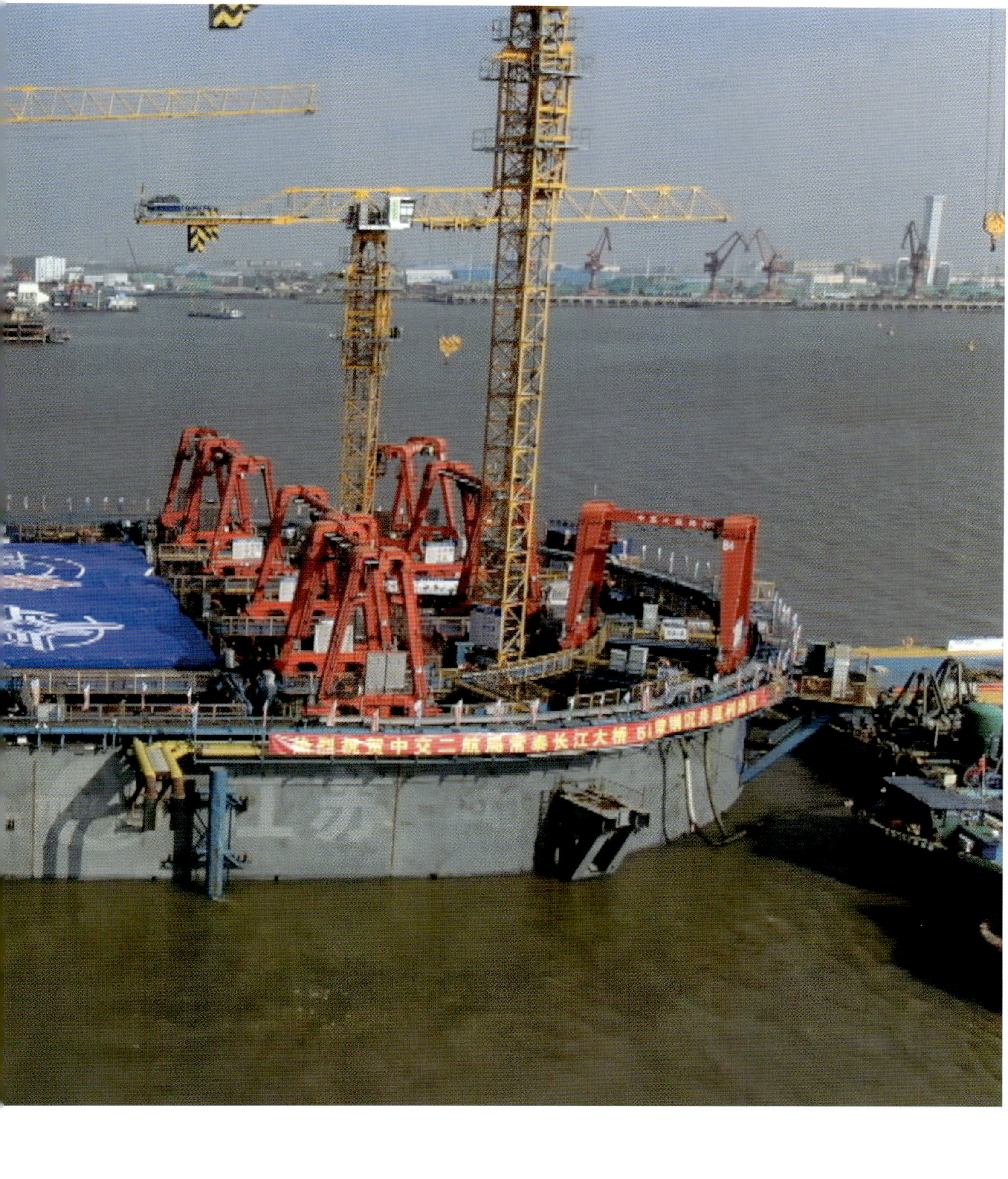
中交二航局常泰长江大桥

小型破土装置

北斗卫星定位系统

排泥管开始排泥

排泥管只排水不排泥

沉井施工控制系统

片状胶结砂砾石

  对桥梁建设者来说，每建造一座桥，面临的水下情况都不一样。从江底打上来的石块，传递出一个重要信息。胶结砂砾石是江底稳定、成片的岩层结构，破土作业引发突变沉降的概率很低。

沉井内景

    早在项目初期，项目组就启动了一项小型破土装置的研发。这个装置能以微创手术的形式，精确地击碎100兆帕硬度的岩石，而不破坏周围的土层。所有人都期待着它力挽狂澜。

    取土机器人火力全开。近百名建设者以艰难的15天，完成了艰难的1.5米下沉。5号沉井突破胶结砂层，最终沉降姿态稳定可控。

    世界第一跨度斜拉桥的第一组基石筑成。眼前江水平缓，心中已掀起大浪。

6. 锚碇山壑间，
高铁过江面

五峰山长江大桥

隔江千里远。轮渡，曾是江苏镇江人过江的唯一选择。

长江镇江段最繁忙的航段，同样是打通苏南苏北铁路线和京沪高速南延的最佳地点。一个前所未有的构想被提出——建设一个公铁两用悬索桥。这意味着要按高铁的标准施工，同时还要采用公路桥惯用的悬索结构。风、车、索等一整套高铁悬索桥关键指标，都是世界首创，异常复杂。期待了半个多世纪，这座大桥成为顶级技术的集大成者。

高铁首次试运行前，建设者们必须确保大桥的锚碇稳定如山。

五峰山长江大桥拥有全球最大的陆地锚碇，133万吨，相当于186座埃菲尔铁塔的重量。它如同大桥的秤砣，拉住大桥巨大的承重悬索。在桥梁建成初期，锚碇会随着桥梁荷载增加，产生一定的沉降。但为了保障高铁运行的绝对安全，3个月沉降不得超过2毫米。

大桥的锚固系统总共有192个锚杆，11排，承担着大桥主缆的巨大拉力。每次对锚固系统进行检查都需要4个人同时进行，平均每个人大概负责3排。此刻，锚碇的力量和人的力量在这里汇聚。

192根钢索从这里汇集成一股，成为五峰山大桥的一根主缆。大桥仅用两根主缆，就承载起17万吨的桥梁荷载。在桥梁界，柔性结构的悬索桥，很早就被认定为不适宜作为铁路桥梁结构。但中国的桥梁建设者一定要让悬索桥承载高铁过江。

五峰山长江大桥线路全长6408.9米，桥梁主跨1092米，时速250千米的高铁经过这1092米仅

长江镇江江段鸟瞰

五峰山长江大桥陆地锚定

观测标

大桥锚固系统

五峰山长江大桥夜景

需15秒。两列时速250千米的高速列车，从镇江、扬州两地对发，依次开向五峰山长江大桥。大桥的锚碇能否达到完美的状态，最关键的15秒，就在前方。所有人都在期待，这1092米主跨的大桥上，中国的出发、桥上的经过和世界纪录的到达。

列车平稳通过，人们松了一口气。"A点0.001毫米，B点0.002毫米"，五峰山长江大桥北锚碇沉降数据采集完毕。高铁试运行，大桥零沉降。随着连镇高铁的开通，作为连镇高铁的控制性工程，跨越长江的五峰山长江大桥也迎来了铁路面通车。

50年的等待，赢得15秒的瞬间。轮渡或许从此成为一代人的回忆。苏南苏北高铁贯通，带着更多城市和地区，融入长三角一小时经济圈。

1092米连接大江南北，连接过去与未来。

7. 一座城门一座桥

重庆朝天门江景

山中有城，城中有桥。

桥梁连山越江，迷宫一般，不断更新重庆这座山城的景观轮廓。

朝天门，重庆旧时十七座城门之一，嘉陵江与长江在此交汇，曾经的古渝雄关，今天的城市之门。沿江而上，进入朝天门大桥，就来到了重庆。

重庆朝天门

朝天门长江大桥

球形抗震支座

单跨跨度，是拱桥建造难度的标准。重庆朝天门大桥单跨跨度552米，当时刷新，至今也仍保留着世界最大跨径的钢桁架拱桥纪录。4.95万吨钢梁，结构复杂，上下10条车道，两条轨道交通，荷载

朝天门夜景

力近万吨，相当于485辆20吨的汽车同时驶过大桥。

100多万套高强螺栓连接钢构件，每颗螺栓的拼装误差不超过1毫米，只有如此精细的拼装才能让构件之间产生足够摩擦力，由此紧固大桥结构。

大桥主墩的支座是全世界同类桥型最大的球形抗震支座，重达47吨重，承载力可以达到14500吨，4个球形支座的承载力达到58000吨。大桥100年的安全寿命全靠球形支座调节。跨度和承重上的技术创新，让重庆朝天门大桥成为中国现代拱桥建设的标杆。

朝天门，此前是一座城门，此刻是一座桥的名字。

重庆，以桥铭志，敞开朝天之门，迎接世界。

8. 描绘千年技艺，融合时代律动

齐鲁黄河大桥

相隔千里，江河呼应。

黄河，从青藏高原出发，流经 8 省、5000 多千米，进入山东境内。千年泉城，"济"字，三点水，孕育了城市中大小拱桥。最古老的建桥智慧，在这里完成了一次历史性的跨越。长 1170 米、宽 60.7 米、总用钢量达到 52472 吨的齐鲁黄河大桥，跃升为黄河上最大的拱桥。

在大桥建设过程中，主拱提升成为最大的建造难题。建设者在全桥安装了 272 个桥体变形监测点，用于实时监测主拱提升过程中大桥的安全状态。长 420 米、重 6800 吨的大桥主拱要完成 25.5 米的提升。

这是一次前所未有的挑战。风，是最大的敌人。如果风速达到 6 级以上，就必须停止吊装。夜间，风力减弱，恒定的温度对钢结构拱肋的变形影响最小，正是提升主拱的最佳时机。

大桥主拱相当于 220 架波音 737 飞机的重量，靠 16 个巨型液压提升装置稳步提升。系统会对每一个液压装置的工作状态进行控制，精确分配拉力，确保主拱在吊装的过程

用以实时监测在线应力的临时墩

夜间风速测试

超高应力幅拉索网状布置

中保持绝对的平衡。

这是黄河上最大拱肋提升，也是拱桥建造史上的一笔华彩。

420米主拱提升完成，280米边拱采用分体拼接，不同的施工工艺应用其中。以前的石拱桥是用石块一块一块地累积起来，现在的拱桥相当于把拱肋分成一块一块的，再把它合拢成一个设计的形状。61块拱肋平均重达90吨，要在支架上完成安装，误差不能超过1厘米，才能保证拱的受力平衡。每一次吊装都需要精准调整。沿用最原始的建造工艺，将弧形材料拼接成完整的拱。

一种全新的拉索方式，正在解决大跨度拱桥的受力难题。

以前的石拱桥是属于上承式的拱桥，桥面在拱顶上面。现在拱桥的结构属于下承式，整个桥面在拱的下面。两种拱桥的受力都是一样的。石拱桥是把桥面的力直接传递到拱体上面，现在的下承式拱桥主要是通过中间的索，把力传到拱体上面，最终的受力结构还是一样的，都是靠拱来

分体拼接的边拱吊装

受力。

200根钢索交叉受力,为桥梁与拱建立了新的受力连接。400兆帕超高应力幅拉索,网状布置,具有极高的抗疲劳性,在世界拱桥建设中首次使用。拉索形成的交叉结构,为大跨度桥梁提供了更为坚固的支撑,也更好地兼顾了对河道的保护。

从石材演变至今的钢材料,将千年的建桥技艺赋予现代表达的全新律动。古老的智慧与今天的建造技艺,融合出一道新的"彩虹",为全新开启的黄河战略划出一道波浪线。

9. 一道连通，两地同框

港珠澳大桥全景

海洋，地球生命的摇篮，泼墨星球的蓝色。

约2100平方千米的伶仃洋上，集桥、岛、隧为一体的世界最长跨海大桥，将粤港澳紧紧连在一起，诠释粤港澳大湾区的格局之大，境界之大。

激活新的交通互联，激活人与人、人与物、物与物之间的连接，借助钢筋铁骨铸造的新的聚合，扑面而来。粤港澳三地时空距离的缩短，激起超越时空的连锁反应，带来的创造性能量超越想象。

一个城市的优质资源，将随着交通发展，融入周边区域，直到弥漫为满眼生长的力量。

港珠澳大桥连接了粤港澳大湾区的各大通道，让珠三角九市、香港、澳门的联系更加紧密，焕发出全新的维度。

上一辈的人跨越海湾，从香港来到广州创业，在这里成就梦想。港珠澳大桥建立起来之后，新一代年轻人迎来黄金机遇，在这片蓝海中取墨，绘制自己的蓝图。

货运司机每天从珠海出发，将新鲜海鲜运输到香港。"一站式"自助查验，便利化举措，让港珠澳大桥成为粤港澳大湾区的物流大动脉。新冠疫情期间，出入境货车数量逆势增长，大湾区城市群基本实现"一小时经济圈"目标，这是充满无限可能的一小时。港珠澳大桥边检站持续加强客流监控和政策研判，确保港珠澳大桥最大限度为发展蓄能。

每天 4000 多艘船只穿行在航道，全长 55 千米的港珠澳大桥创造了多项世界纪录，汇聚成家国发展的全新蓝海。

大地上四通八达之后，用沉管技术修建水底隧道，自 1910 年美国在底特律河修建第一座用于交通运输的水下隧道起，已有百余年的发展历史。而中国的沉管水底隧道工程，从 1988 年起步至今，走过了 30 多年历程。被称为世界第七大奇迹的港珠澳大桥，33 节沉管深埋海底。

港珠澳大桥是成千上万的眺望、祝福、牵挂汇聚而成的连接。

粤港澳大湾区，中国开放程度最高的区域之一，世界经济浪潮的潮涌之地。继港珠澳大桥之后，又一项集桥、岛、隧一体的世界级工程，双向 8 车道，长 24 千米的深中通道，一经建成，从深圳到中山只需 30 分钟。

沉管在海底对接 　　　　　　　　　　　　　　　世界上首例特长钢壳沉管

"一航津安1"与第6管节合为一体 　　　　　　　"一航津平2"

一道连通，两地同框，发展共振，将继续激活整个中国南部沿海。

距珠海主城区约28千米的牛头岛，这个曾经为港珠澳大桥建造33节沉管的岛屿，是沉管预制"梦工厂"。深中通道沉管巨无霸，世界上首例特长钢壳沉管，一节重约8万吨，超过"辽宁号"航空母舰的排水量，比港珠澳大桥还要宽9米。

每一节沉管都有生命，在海底"对接"，需要准确定位。在提前开挖好的水下基槽内，沉管组合为隧道，两端连接陆上交通。

海底"接龙"是公认的世界级挑战，是人类和大海的共同创造。2万吨的船，拖着8

万吨的管，如何顺顺利利地跑 50 千米，通过 200 多个步骤，然后实现一个精准对接，是一种团队作战。

建设者们打造了一群核心的装备群，"五个兄弟"。

"大哥"是"一航津安 1"，这是中国建设者历时 3 年为深中通道量身打造的世界首艘沉管运输安装一体船。它是国产化的、自动化的设备，可以实现沉管水下无人高精度对接，也可以实现无人行驶，自动巡航。它的诞生，标志着我国海底沉管隧道施工正式进入智能化时代。

"二哥"是我国自主研发的世界最大最先进的，自升式碎石铺设整平船"一航津平 2"，整平精度可控制在正负 40 毫米以内，3 天时间便可完成单个管节基床的铺设，为沉管提供一个睡觉的机床。

"三弟"是供料船，要给"二哥"往袋里塞石子。"老四"叫块石夯平船，"老五"是一个潜水的锚艇。

2020 年 12 月 8 日，凌晨 2 点，第 6 管节开始出坞。接下来的 38 小时，集沉管浮运、定位、沉放和安装于一体的"一航津安 1"，通过主侧推装置，使其具备拖带动力，将运载第 6 管节，浮运近 50 千米，经 7 次航道切换，最后完成正负误差 5 厘米以内的精准对接，这是一个庞大的系统工程。

曾经的 9 年间，港珠澳大桥数千个技术攻关会议，500 个发明专利，创造的数个世界第一，积淀下丰富的技术和经验，最终凝结成此刻深中通道全新的脉动。

"一航津安 1"具有巡航及偏移纠错功能，拖带 8 万吨沉管，航速接近 6 节，配备沉管沉放姿态控制系统，船与沉管在水中的每一个步骤，都得以清晰呈现。沉管缓缓落位、沉放、绞移、对接，北斗定位毫米级实时测控。

2020年12月9日，凌晨3点，第6管节顺利完成安装对接，对接精度成功控制在设计要求的5厘米内。

这一天是我国跨海沉管隧道建设史上前所未有的历史性时刻。我国北方首条跨海沉管隧道——大连湾海底隧道完成首节沉管安装，实现了寒冷地区沉管隧道施工零的突破。深中通道完成E6管节安装，隧道长度达到948.5米。

此刻的伶仃洋，最懂丹心。这是无数建设者用他们最好的年华描绘在大海上的心跳，落笔为浩瀚大海上的纵横与蜿蜒。将港珠澳故事，书写成中国故事、世界故事。

10. 高塔入云，江水奔流

郎今欲渡缘何事？如此风波不可行。

长江下游马鞍山河段，江心洲将江水劈成两半。1000 多年前，诗仙李白在这里被风起浪涌的江面挡住了去路。而今天，桥梁的设计以巧思回应复杂的河势条件。

右汊斜拉桥，中间梁桥跨越江心洲，左汊悬索桥。全长 36 千米的马鞍山长江公路大桥，一桥三体。从大桥建成起，建设者们就承担着庞杂的检查养护工作。

主缆通过吊索将桥面拉起，它是大桥 100 年使用周期中不可更换的部件，大桥巨人的核心和脊柱。单侧主缆全长 3045 米，这是一段工程师们再熟悉不过的距离。近 200 米高空之上，工程师们在直径不到 70 厘米的主缆高空漫步。

索夹通过两侧螺丝受力，将主缆和吊索紧密连

马鞍山长江公路大桥全景

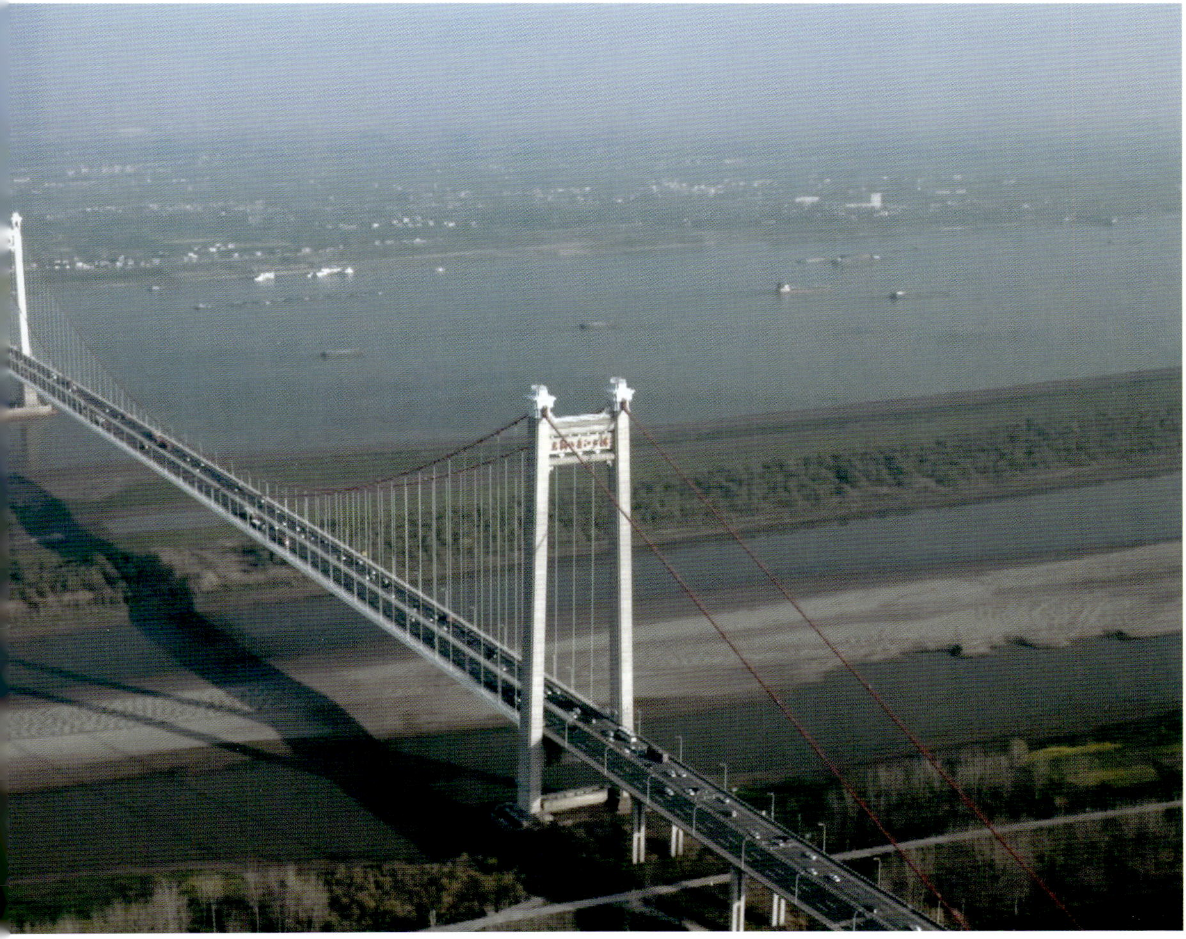

右汊斜拉桥

接。工程师需要定期检测索夹螺杆张力，像检查巨人的微小关节。用千斤顶补充索夹损失的张力，能确保它的受力始终维持在安全范围内。264个吊索索夹像264个关节点，连接起大桥主缆与吊索。每检测一个需要一小时。正常情况下，264个索夹全部检测完成，至少需要3个月时间。

悬索晃动，牵动心弦。

6级风力是允许索缆检修的上限，为了安全，建设者们不得不提早收工。但在大桥身体内部，养护检修不需要照顾天气因素。

钢箱梁是支撑桥面的重要结构。内部构件有没有变形，焊缝是否有纹裂，工程师们要寻找任何可能影响大桥安全的蛛丝马迹。

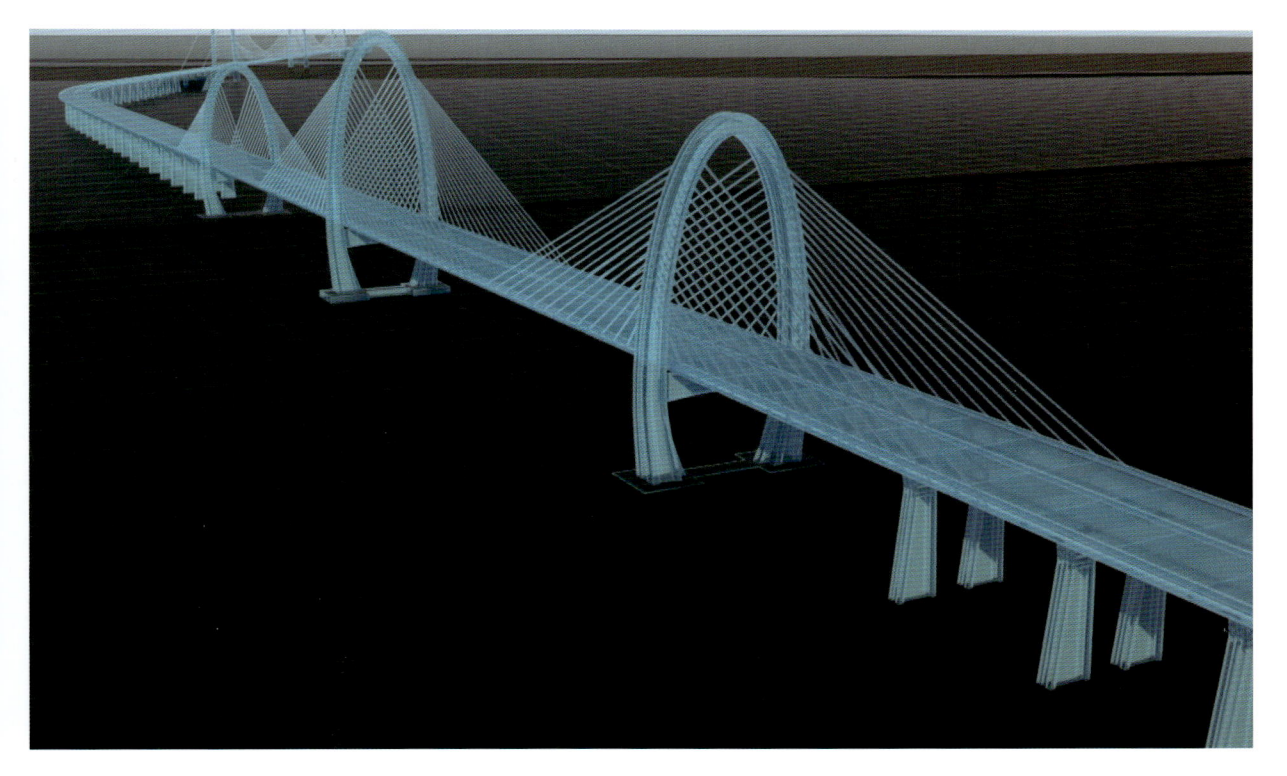

一桥三体

      三塔两跨千米级的设计，减少了水中基础，也减小了对通航的影响。但主跨中部增加的中塔是一个不同于两塔悬索桥的全新结构。这是中塔距离桥面以下 30 米深的内部空间，养护工程师要更换锚头内部的防腐油脂。这些厚厚的油脂起到保护内部钢绞线、防止腐蚀氧化的作用。

      中塔由钢和混凝土两种材质构成。群聚锚是中塔的一个非常关键的部位。它就像人体的筋骨，把中塔的钢结构部分和下塔柱混凝土结构部分紧密地联系在一起。单侧 110 根钢绞线通过张拉力让中塔上下两部分成为牢固的整体，支撑起主缆结构。桥梁工程师通过严格演算，推导出中塔和桥梁整体刚度的最佳平衡点，突破了千米级跨径三塔悬索桥建造的世界性难题。

      右汊斜拉桥上，桥梁检测机器人在斜拉索上自如攀行，索缆内部的每一毫米都逃不过

中塔

左汊桥 H 形索塔

它的眼睛。通过无线图像传输，工程师能够快速捕捉索缆出现的各种问题。

养护一座大桥如同关照人的身体，工程师就像大桥的身体卫士，在人们看得见和看不见的各处，时刻维系着整座桥的安全。

右汊桥 A 形索塔，左汊桥 H 形索塔，与安徽的汉语拼音首字母一致。每一次通行都会经过徽派文化的门式主塔，仿佛告诉世界——安徽，正在敞开大门，迎接四海。

在更艰险的地方，中国工程师用智慧和创新打破壁垒，迎接挑战。

11. 钢铁彩虹，云端闪耀

贵州的山，层峦叠嶂，起伏如海。梯田、村寨散落山间。现在，山间还有了桥梁。

乌梅河特大桥全长 928 米，主拱跨径 300 米，建成通车后将打通贵阳至黄平高速公路黄平段。

天无三日晴，地无三尺平。九月，贵州迎来多雨季节。V 形峡谷内，连续降雨耽误了乌梅河特大桥的施工进度。

十里不同天，终于等到了这座山上的一个晴天，大桥首节拱肋安装在即。首节拱肋吊装相当于一个新的开始。所有的滑轮运转情况，缆索系统的可靠性，都需要通过这一个节段的运输得到验证。

按照常规方式，吊装拱肋的塔架会建在引桥两侧，这需要增加 40 米的建筑高度。但

建造中的乌梅河特大桥

乌梅河特大桥施工现场

是，高山峡谷的桥梁施工从来就没有常规方式。工程师直接把塔架架设在引桥桥面，可以节省近一千吨钢材，塔架拼装能减少一半工期。然而，拱肋运输却成了难题。吊装的塔架占了拱肋的运输通道，只能用中间的位置运输。缆索不能斜拉受力，拱肋的起吊位置必须和塔架顶端的索鞍垂直对应。起吊区的狭小面积根本无法满足拱肋的运输转弯。工程师决定采取横移的方式运输拱肋。

第一节拱肋通过轨道平车从引桥运送到起吊区。工程师在轨道上添加了一个滑靴装置，将拱肋横向平移到塔架下方的起吊位置。一个简单的横移装置巧妙解决了场地条件的限制，还能节省材料和工期。140吨的拱肋加上30吨重的平车，通过液压千斤顶整体横向顶推。30分钟后，第一节拱肋顺利就位。

钢丝索缆将牵引拱肋吊装，两岸高56.6米的塔架是支撑索缆的主要受力结构。工程师在现场各处预设了传感器，用来实时监控整个缆索系统的受力情况。首节拱肋在上游吊装，过程中塔架始终是单边受力。重达140吨的拱肋全靠两根钢丝索缆行走在空中，这是对缆索系统承载能力的第一次考验。拱肋抵达跨中位置时，缆索系统的荷载达到极

合龙全景

限。此时，任何偏差都将造成严重后果。

　　55颗星组成的北斗卫星导航系统，为幽深的山谷带来全天候、全天时精准的检测数据。工程师不仅在现场，而且在千里之外，也能通过手机随时查看数据。拱肋吊装过程不仅有北斗定位，还有其他监测系统。无数双眼睛的共同校对下，第一节拱肋安全精准就位，在这高山云海间，完成了不可思议的装载。

　　52节拱肋，每节的轮廓尺寸和弧形吊装角度都各有不同，如天工开物一般，极其精准地安装，最终拼接成结构体系固定的拱圈。大桥合龙。

　　一道钢铁彩虹，让贵州这个中国唯一没有平原的省份，有了云端的传奇。两山之间，从没有像现在这样靠近。山谷这边点燃炊烟，那边也能一起分享团圆。

　　很久很久，很远很远，现在就在瞬息咫尺之间。

贵州景观

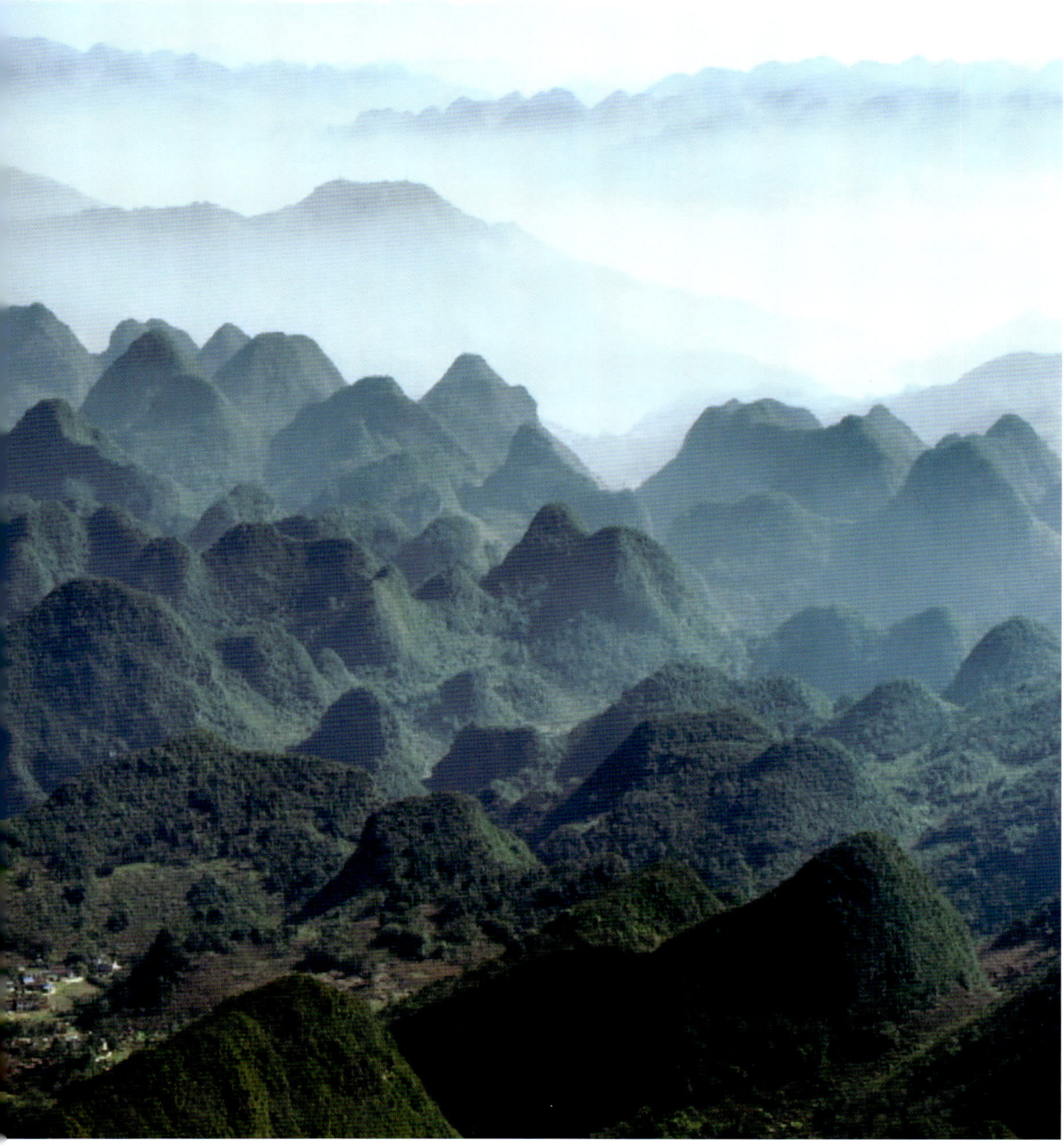

12. 长桥卧波，未云何龙

天下黄河九十九道弯，诞生了这座 S 形的黄河大桥。

为了最大限度地随顺河道，减少搬迁，兰州柴家峡黄河大桥被设计成河流曲线的 S 形不规则非对称性斜拉索桥。短距离桥梁，最小曲率半径仅 600 米。建设者们与大地和河流一起，共创了这个罕见的、雕刻般的设计。

像孕育生命般，建设者们关注异形大桥每时每刻的施工进度，每周都要在附近的山上观测，这是天地与人的共同视角。

短距离的不对称 S 形，要保证受力平衡和安全寿命，对施工工艺要求几近严苛。南北两个高低不同的主塔通过 112 根钢索和桥身相连，让 S 形桥梁成为一个巨型而精密、微妙至极的生命结构。

主塔基座的阻尼器主要用来控制桥梁晃动幅度。桥下 14 台阻尼器全部运行正常。但是，其中一个阻尼器支座上出现了一条 5 毫米的裂缝，这是不容小觑的端倪。裂缝的出

荷载试验

荷载试验远景

兰州柴家峡黄河大桥

精密的钢索连接桥塔

建筑者对大桥进行调索

现是否意味着桥身和主塔的连接没有达到完美的平衡？大桥需要全面深度检测，查找裂缝的原因，否则无法进行 300 吨荷载试验。

各路桥梁专家汇聚，这是一条裂缝引发的技术分析会，行业专家隔空会诊。核心问题指向不平衡的钢索承载力。连接桥身和主塔的是 112 根钢索，因为不规则的 S 形桥身，每根钢索的承载力各不相同，112 根钢索，就像 112 根命脉，必须要逐一调试。北主塔高 115.5 米，南主塔高 99.9 米。主塔 60 米高处，命脉汇聚点的所在，不足 2 平方米的空间，建设者们只能半蹲着进行调试。人桥的生命和使命在此时合一。

朝阳中的大桥

　　调索没有任何捷径，112次，一次次重复着相同的语言和动作。就像风雨调阴晴，冷暖调昼夜。在几乎不能转身的高塔内，建设者们不吃不喝、不眠不休，将自己的心跳交付给大桥的命脉，以毫米级的精度，完成全部112根钢索的调试任务。

　　晨光中，一碗面，面对的是同伴的笑容与黄河青山。

　　8辆重载车，每辆载重38吨，共计304吨，整装待发，荷载试验即将开始。

　　每辆车轮的下压点要与大桥承重点相吻合。桥面和桥下，安装了数百个传感器，用来监测桥身的变化幅度。数据传来，兰州柴家峡黄河大桥通过荷载测试。桥身、主塔、钢索都达到了设计要求。

　　达标背后，是1000多名建设者的心血。

　　拉住S形黄河大桥的是112根钢索，还有黄河之脉、大地之心。

13. 青山相依，龙游谷底

贵州的火花特大桥，全长 4.075 千米，常被人提起的不是它全国山区高速公路中最长大桥的这个记录，而是"能掉头的高速路"。

火花特大桥的特别之处，远不止这些。

作为贵州高墩最多的特大桥，它像建在山谷中的竖琴。330 根琴弦般的桥墩，最高墩 107.5 米，相当于 30 层楼的高度。其中 64 个桥墩建在 70 度陡坡的半山腰，其间最大高差甚至达到了 80 米。为了抵抗泥石流、洪水、强风，桥墩与桥身连接处设置了隔震支座，其主要的功能是有效地将桥面的荷载传递到桥的下部结构。

中国高速路上唯一的 U 形掉头匝道设计，原本出于解决大桥面对两侧悬崖绝壁、无法与其他道路相通、无法增加出入口的难题。设计者和山谷合作，给竖琴般的大桥配了一把 U 形琵琶，奏响新的乐章。

火花特大桥

大桥桥墩

桥墩与桥身连接处的隔震支座

大桥"体检"

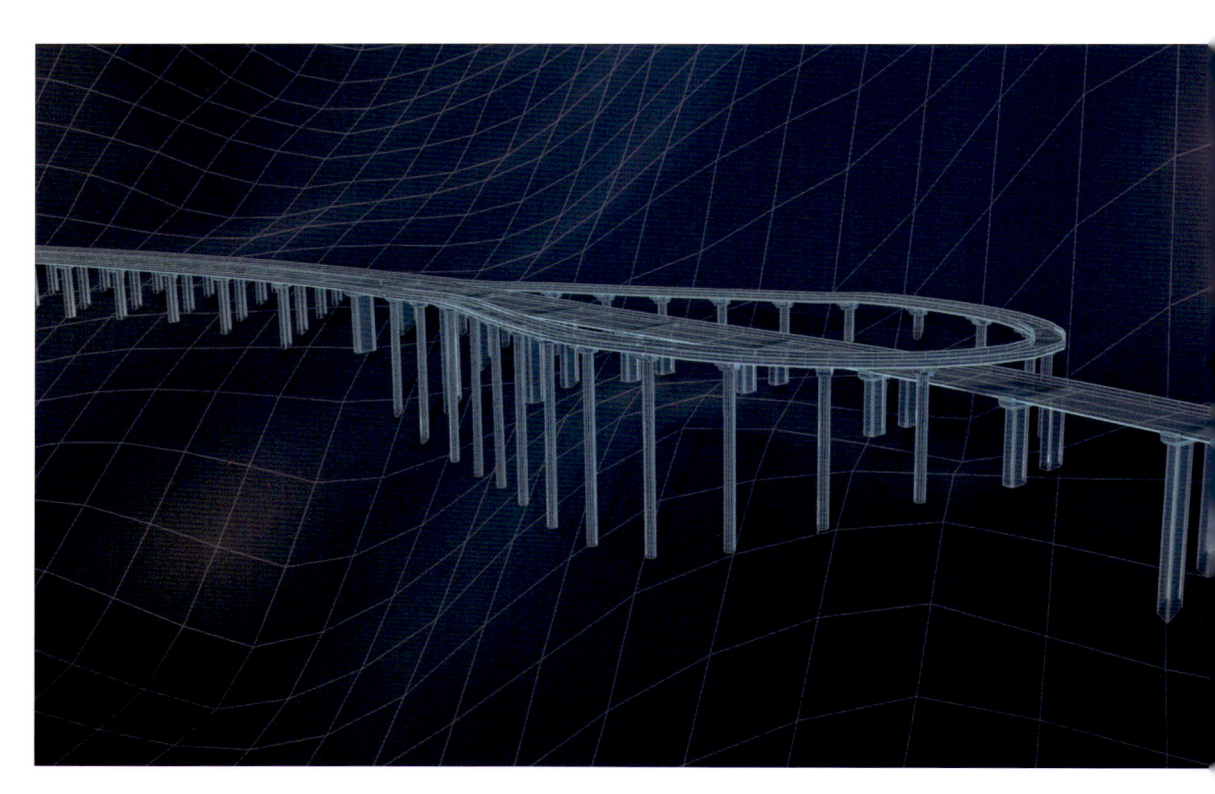

中国高速路中唯一的 U 形掉头匝道设计

大型泄水洞

　　U 形匝道不远处，就是布依族的聚集地火花镇。有大桥坐镇，火花镇从交通末梢一跃成为交通枢纽。父辈们背着水果筐翻山越岭卖水果的艰辛背影书写进历史，火花特大桥以自己独特之美，为火花镇带来发展的流量。

　　火花特大桥隧道入口处的泄水洞篆刻着建筑师们的记忆。火花特大桥所属的紫望高速，地处喀斯特地带，施工过程相当于经过了一个喀斯特地貌的地质博物馆。断层、溶洞、围岩以及其他复杂地质，让建设者常常如履薄冰一般地建造特大桥。大桥出入口专门修筑的两个大型泄水洞，是为了解决雨水积蓄的安全隐患。而这些地方，也是大桥"体检"最关键的环节。没有淤泥封堵，孔洞排水畅通，火花特大桥安全。

　　紫云自治县龙头村，有一批桃子刚刚成熟，第一批水果运输车如愿开上了火花特大桥。

　　紫望高速公路横贯南北，把贵州和中国南部城市经济圈更快捷地连在一起。火花特大桥是这条高速上 112 座桥梁中的一座。建设者们会记得这里高达 65% 的桥隧比，记得这里数十种岩层的名字。而行车在桥上，会看见一山又一山，风云在望。

天地起呼吸，自然造山海。时间流动为春生夏长、秋收冬藏的平仄，这是万物的律动。

有了万物之后，人类创造出器与物。人类运用它们，与大地、高山、大海、江河合作。

过往的历史，积蓄成此刻建造的力量，连接未来。

建筑的呼吸，起于云端，伏于地底；致敬自然，共鸣天地。

第 3 章

泼墨地下

1. 冰川造梦

天山，以天为名，把新疆分成南疆和北疆。这是曾经的西域轴心，丝绸之路的必经之地。与它有关的每一条路都直书史册。

雪山之下，巨大的刀盘削开坚硬的岩层，另一种穿越正在进行。

在巴音布鲁克，《西游记》里"通天河"的所在，宛若天边的216国道，被雪山和历史环抱。过去，每次经过这条路，货运司机都提心吊胆。因为太过危险，这里被叫作"老虎口"。而如今，在"老虎口"下面1000多米的山体中，则有着世界上最长的高速公路隧道——全长22千米的天山胜利隧道，它穿越数百万年的尘与土，通向未来。

海拔3200米的隧道工地，天寒地冻，气温在零下20多摄氏度。天山脚下的百年冰川，成为隧道施工的最大拦路虎。隧道最大埋深为1112.66米，高地应力、高地震烈度、高环保要求、高海拔施工，给建设者们带来了前所未有的挑战。为此，一款掘进施工速

216 国道"老虎口"垭口

天山胜利隧道北端进口

建设中的天山胜利隧道

在天山胜利隧道南端出口的"胜利号"

"天山号"盾构机完成组装

雪中坚守的工作人员冒雪施工

度高于传统钻爆法10倍、可穿越多种复杂地质层的新型TBM掘进机应运而生，被人们寄予厚望。它的使命就是快速朝前掘进，探明前方的地质情况，为隧道的两个主洞开辟新的工作面。

针对天山的地形条件打造的TBM"胜利号"为奇迹而生。这种全球首创压注工法的新型硬岩掘进器，刀盘直径8.43米，接近三层楼房的高度，具备两种掘进、三种支护模式。地质条件较好时，它可以采用传统敞开式工法掘进。遇到断层破碎带等不良地层时，则转换为压注混凝土工法，拼装机迅速拼装钢模板，在钢模板和围岩之间注入混凝土，隧道施工一次性成型。在试验性掘进中，敞开式与压注混凝土工法的切换时间不断突破。

而在天山胜利隧道的北端进口，"胜利号"的姊妹机"天山号"盾构机也完成组装，蓄势待发。它们将积累高寒、高海拔、复杂地质条件下的施工经验，为未来特殊地层的隧道建设打下基础。

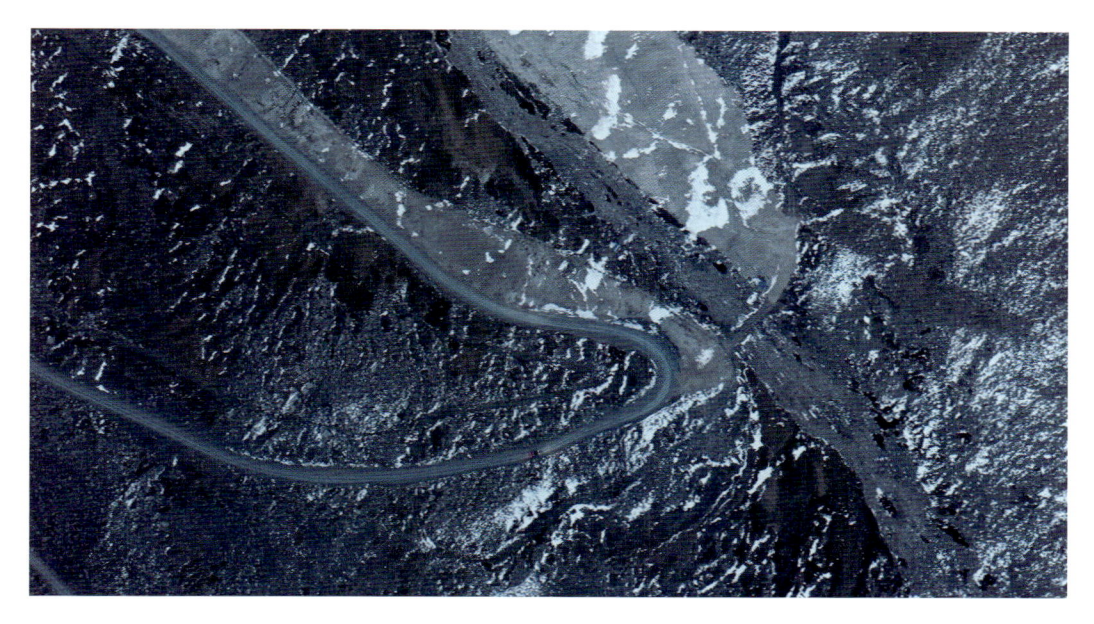

天山地形

　　超级工程配套超级装备。曾经，为了建设翻越天山的 216 国道，多少烈士埋骨山脚。现在，有了新型装备，22 千米长的天山高速公路隧道穿过天山，成为新疆乌尉高速公路的一部分。北疆的乌鲁木齐、南疆的库尔勒，将获得新的连接，通行时间将由 7 小时缩短为 3 小时。现在推进的每一毫厘，都是向过往致敬。

　　一毫、一厘、一米在靠近。"天山号"与"胜利号"在隧道中"会师"，东西横亘 2500 多千米的天山，从此有了 22 千米的一纵。

　　天山出大道，大道接四海。东方与西方，瓷器与丝绸，传说与神话，在山里，也在心里。

　　此刻，冰与火的淬炼，点燃追梦之路。

2. 江海奇观，凤舞其中

在广袤大陆的东边，是中国的 18000 多千米海岸线。

长江，中国人的母亲河，带着从世界屋脊青藏高原流下的雪水，带着万里风沙，汇入浩瀚东海。长江口宽 90 千米的入海口，构成人类星球中蔚为壮观的地理景观，气势无与伦比。

在世界上最大的超级港口——上海港，繁忙的码头上的每一刻，都上演着中国经济融入世界版图的江海奇观。而在奇观背后，一项旷日持久的举世工程，诞生于滴水尘沙之间。

龙腾的江海之上，凤舞其中。

大江入海的通道从不通畅。长江入海口河口宽阔，水速减慢，沿江而下的细小沙砾

"新海凤"

泥沙之上的"新海凤"

长江入海口

遇到咸水便凝聚沉降，成为拦门沙。每年，从上游奔流而下的 4.8 亿吨泥沙在长江口淤积，形成了约 60 千米的浑浊浅滩，阻塞着航道，将现代化大型海轮拦在了长江口外。治理拦门沙，打开长江口，这是世界上最大、最复杂的河口整治工程。

从 1978 年开始，中国每年都对长江口航道进行疏浚。但由于财力和技术十分有限，只能将水深勉强维持在 7 米。直到 2010 年，长江 12.5 米深水航道全线贯通，5 万吨级船舶才得以通江达海。

"新海凤"是上海航道局耙吸式挖泥船的旗舰，长江口深水航道建设的功勋船舶。如果说长江口黄金水道是一条高速公路，它就是负责这条高速公路畅通的一个保障。它的双耙最大挖深达 45 米，能够通过先进的自动控制系统，在水下实现精准挖泥，耙头就如同在"水下走钢丝"。它的船舱泥沙容量可同时填满 9 个国际标准泳池。

水天之间，每一刻都瞬息万变。浩荡的长江口，为确保 12.5 米的航道水深，人与装备日复一日地坚守。有人曾经统计，从河口挖出的 3.2 亿立方米疏浚土如果按照 1 立方米的土堆依次排列，可绕地球整整 8 圈。

一寸深水一寸金。正是得益于对疏浚黄金水道的坚守，一条条满载的外轮带来了贸易的增长，上海也一步一步成为国际航运中心，成为国际化大都市。

大海之上，传奇此起彼伏。

长江口以北 259 海里的连云港港口，是欧亚大陆桥的起点，长江三角洲快速生长的超级港口群的一部分，它的升级还在继续。

连云港港池内，10 万吨航道的延伸工程正在进行，承担这项工程建设的是我国首艘从设计到建造拥有完全自主知识产权的国之重器——"天鲲号"，亚洲最大自航绞吸船。它拥有亚洲最强的挖掘系统，世界第一的远程输送能力。它的绞刀功率 6600 千瓦，每小

夜色中的"新海凤"

"新海凤"全景

时挖泥 6000 立方米，最大输送距离达 15 千米。如果从北京南站挖泥经过 15 千米管道投送，一周内就能填满一座水立方。

2019 年 3 月，"天鲲号"正式投产，"首秀"奔赴海外，承担"一带一路"沿线国家工程建设任务，成功"啃"下硬度高达 70 兆帕的岩石，首战告捷。连云港工程则是"天鲲号"国内的"首秀"，疏浚黏土通过管道投送到 7 千米以外的地方，"天鲲号"强大的

连云港港口

作业中的"天鲲号"

"天鲲号"功率达 6600 千瓦的绞刀

前进中的"天鲲号"

挖掘及输送能力得到完美体现。工程结束,"天鲲号"亮相中国海洋经济博览会,把大海上的故事告诉世界。

　　负责连云港施工的队伍来自中交天航局。它的前身就是1897年在天津诞生的海河工程局,开启中国机械疏浚的先河。百年后的今天,这支队伍和他们打造的国之重器已站在世界之巅。

　　2500年前,庄子做了个梦,梦见一只鲲鹏能够水击三千里,扶摇直上九万里。如今,这个大禹治水的国度,每个人都是天鲲之翅。江海港口,就是鲲鹏展翅九万里的起点。

3. 抽山为形，自然生长

深坑酒店近景

上海，长江三角洲中心城市，中国金融中心。过去30年，这座城市的地标建筑就像中国城市化发展的缩影，不断突破着人类建筑的新高度。但是，有一个建筑下探地表，以负海拔赢得世界的注目。

世茂深坑洲际酒店是世界首个建造在废石坑内的自然生态酒店，整个楼体几乎垂直倒挂在一个巨型深坑中。这里曾经叫作天马山深坑，原来是一个采石场，占地面积约10万平方米。

将伤痕变成瑰宝，这个建造设想无异于天马行空。在深达88米，坡度几乎垂直的场地内，从打桩、运送施工材料、安装塔吊、抗震、防水，几乎每一步，都是施工上史无前例的超纲难题。为了避免对矿坑造成二次破坏，深坑酒店最终的设计方案是依地势而建，让整个楼体蜿蜒依附在坑口边缘，采用一头一尾两点固定的方式，相当于直接挂靠在崖壁上。

如何保证崖壁稳固，是建设工程面临的最大难题。在酒店背后靠近崖壁的位置，每一个方形混凝土结构内部都连接着长短不一的预应力锚索和锚杆。它们起到了支撑稳固崖壁的作用，就像把山体缝合在一起的巨型钢铁针脚。

深坑酒店全景俯瞰

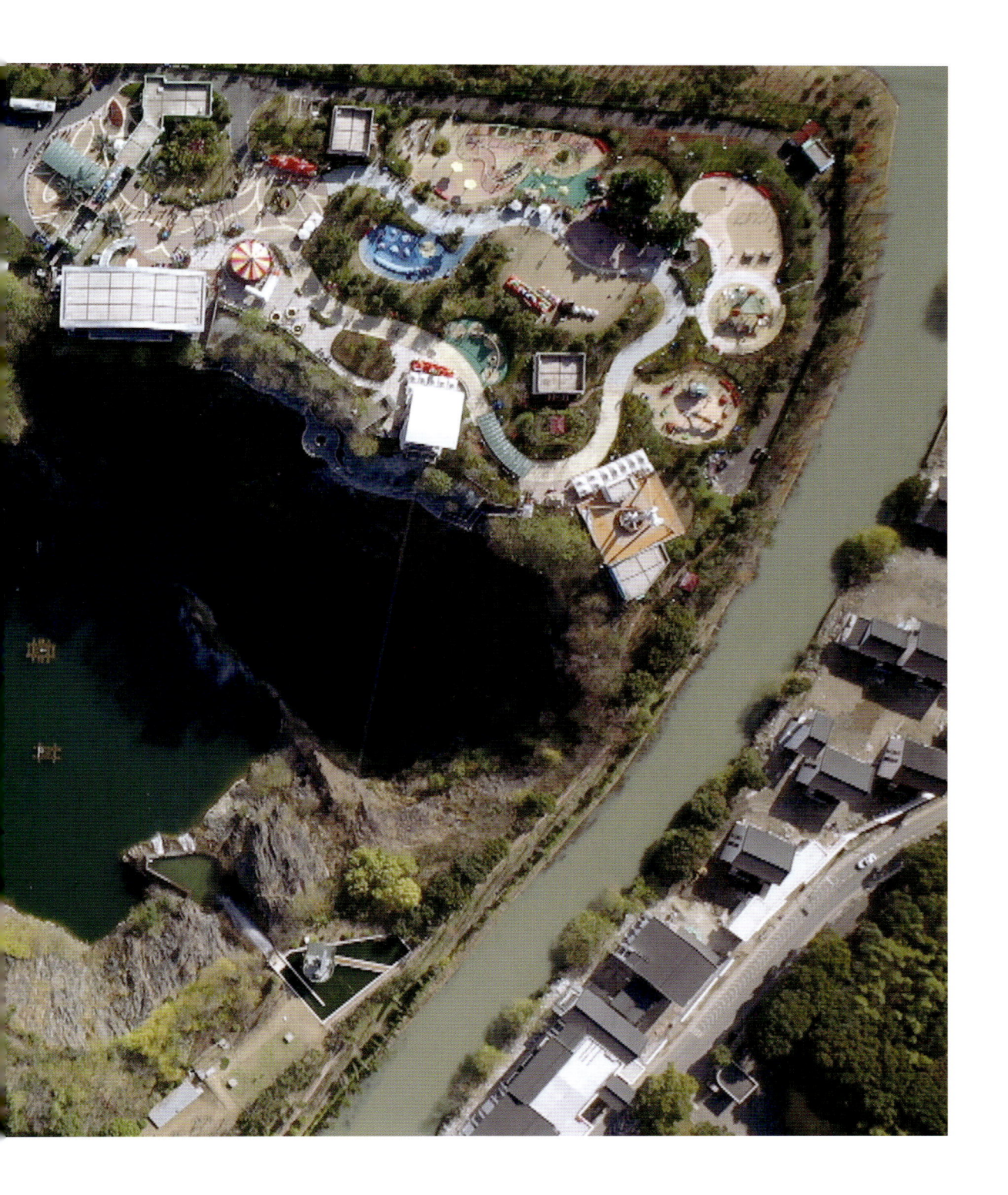

第 3 章　泼墨地下

断裂崖壁缝合

楼体依附在坑口边缘

126 大 国 建 造

工程师对崖壁进行了漫长而仔细地加固处理。坑口部位铆入99根35米深的锚索，酒店背部崖壁全部打入平均10米深的锚杆。6500根加固构件维系着崖壁的整体稳定，加固面积达5760平方米。

12年，40多项建造专利，深坑酒店生长了88米，终于探出头来，看到了地平线。它探出头的那一刻，它自己已成为地标，置身世界的聚光灯下。这个曾被全球业界认为不可能的大胆设想，用焕然一新的语境，告诉每一个来到这里的人——地球疤痕，可以成为地标。

永远富有创造力的心，才是这个世界真正开采不绝的宝藏。

4. 废墟，生命的螺旋

距离上海 300 千米外，一个修复体量更加庞大的项目正在加紧建设。

江苏园博园修复的废弃矿坑总占地面积 345 万平方米，相当于 30 个深坑酒店，有长达 9 千米的裸露崖壁，以及 9 个散落在山谷的废弃矿坑。这是一个在行业内跨越多个领域的庞大工程。

42 个直径 21 米的圆形顶面连接成整体，它们所处的位置是一处深达 20 米，面积足有 6 个标准足球场大小的采石宕口。工程师们借助坑口崖壁的高低起伏，创造了一个全新的地下植物宫殿。900 多种来自世界各地的树木花卉在矿坑中汇聚，仿佛带来了全世界的四季。透光率高达 92% 的亚克力顶面似有若无。

整个园博园建设过程中，建筑与自然无缝连接。

废弃矿坑

苏州园博园内景

第 3 章　泼墨地下

景阳楼

第 3 章　泼墨地下

圆形顶面建设现场

山石错落，繁花幽径

132　　大 国 建 造

景阳楼地基

    南京园景阳楼是园博园中心区域的视觉高点，这栋建筑的地基原本是一处高达 50 米的渣土堆弃场。工程师没有刻意改变任何一处基本地貌，依照废旧矿坑的山体地势，将 13 座城市园林点缀其中。

    山石错落，繁花幽径。古老的园林文化和新的建造相互碰撞，给废弃的矿坑山地带来了新的希望。

    园博园是让人类可以和自然亲近的展览，建筑修复也秉承这样的理念。工业化时代的环境污染，矿坑开采的废墟，通过建造者的巧思获得新生。这也是我们对于这个星球的未来愿景——人与建筑、自然，和谐共处；生命绽放，建筑呼吸，花朵心动。

5. 地下宫殿，城市倒影

城市绿心

连南接北、通江达海，江苏南京的江北新区，此刻正在开创更多连接与通达。

亚洲在建面积最大的地下空间，距离长江主航道只有600米，任何一处小小的涌水都可能引发长江水倒灌。然而，从地下5层向6层掘进的时候，一直稳固的地下连续墙漏水了。

在长江边的土层施工，是建造，更是开拓。这就仿佛在豆腐里打洞，稍有不慎，就会彻底坍塌。为此，建设者预先打下两道厚度超过1.5米的连续墙，像插入豆腐四周的钢板，如堤坝般稳固住松软的土质，阻挡江水侵入。

这次漏水来自连续墙的变形。地下，一队建筑师们在打孔、准备封堵；地上，另一队建筑师们在钻井、抽水。随着水流减少，水压减缓，接下来的处置更加紧张。建筑师需要立即打眼、钻孔，把能快速凝结的堵漏剂注射进漏水点。此时，一旦水压暴增，钻孔就会为奔腾的水流打开阀门。滴水之间，就可能是决堤之险。

江苏南京地下空间项目

检查墙壁漏水问题处

钢管支撑模具

江水昼夜不息，所有人也一夜无眠。终于，没有水了，封堵达标。

建设地下空间的团队，来自葛洲坝水电建设工程队伍。从大江大河上的水电站建设，到未来江河边的地下掘进，建设者们的热血与汗水，成为江河的支流，带着更多关于连接的想象，汇入未来之海。

未来已至。紧邻着运河古道，北京城市副中心的新地标——城市绿心现身，剧院、图书馆、博物馆三大建筑建在地面，轨道交通、地下停车场、商业运营在地下超大空间互联。

巨型穹顶的浇筑，将成为点睛之作。它的最大跨度 46 米，最大高度 16 米，这是中国地下空间最大跨度的混凝土拱梁。通过浇筑这道看似最简单的工序，人们将在绿心之眼目睹中国纪录。

混凝土浇筑在数万根钢管支撑的模具上，就像一个碗倒扣在里面。浇筑必须一次成型，因为一丁点的裂缝都将导致结构坍塌，前功尽弃。每一根拱梁都由钢筋作为骨架，想要一次浇筑成型，最重要的就是钢筋排布必须精准无误。建筑师爬进这个钢管搭建的森林，一次又一次地确认每一根树枝的位置。

浇筑时，混凝土将从穹顶的浇筑口倾倒而下。隔着密密麻麻的结构支撑，肉眼无法看见浇筑的情况，但是 BIM 技术可以实现精准的预演。

浇筑正式开始。充斥着钢筋水泥的工地，在建设者的脚下，

浇筑现场

完成穹顶浇筑的"绿心之眼"

也被捧在手心。

整个浇筑过程 30 多个小时。在这个过程中，每一点都不允许出现误差，否则可能会有冷缝。为了保证架体整个受力的均匀性，建筑师在浇每一个拱的时候，都是两侧同时浇筑。

未来，这个巨型曲面上要覆盖植被水土，每平方米承重高达 3 吨，而拱梁柱底的最大压力超过 800 吨。浇筑质量，直接影响穹顶的承载力和防渗要求。

建筑师们在浇筑之前就要把振捣棒放到模板里面，随着混凝土浇筑的高度，随浇随拔，通过振捣棒振捣来保证混凝土的密实度。18 人持续振捣 30 多个小时，完成了 1500 立方米的浇筑。

28 天后，支撑拱结构成型的盘扣架体开始分批拆除。绿心之眼睁开，瞳孔里映入天空之蓝、自然之绿，映入斑斓的人间烟火。

绿心之眼，是大开眼界的创造，也是初见未来，深情的仰望。

建筑，不只在大地之上生长为绵延的丛林与群山，也在大地之下，收起锋芒，深藏风骨。

6. 城市的地下动脉

　　山似古琴，横于南海。千年岛屿横琴被刷新为未来产业岛。现代智慧城市，既是耸立云端的高度，也是延伸地下的深度。

　　珠海横琴综合管廊是中国建成体系最完善的第一条地下管廊，是横琴深藏的地下之弦。在地下6.5米深处，贯穿横琴岛的地下之弦连在一起，呈现出一个完美的日字型闭环。10年的地下探索，为今天城市高标准高配置的发展，预留了近乎满格的地上空间。

　　106.46平方千米的横琴，山地之外，适合城市开发建设的地上空间非常有限。地下管廊先于地面建设，为横琴节约了40多万平方米的土地，相当于56个足球场的面积。智能化控制中心是地下管廊的大脑。30多千米的地下管廊，近400个分区，每一个分区相当于一个坐标，管廊维护与突发事件都会在控制中心精确定位显示，使得日常巡检与异常处理可以快速响应，迅疾实现一呼一应，甚至一呼百应。

管廊内进行自动检测的机器人　　　　　改善老城区的线路蜘蛛网

机器人性能测试　　　　　　　　　　　智慧廊道火灾检测测试

地下之弦，弹奏出美妙的弦外时空。琴起，情深。

深圳，中国最早的经济特区，粤港澳大湾区的发展，让它置身未来蓝海。超级城市的地上空间，寸土寸金。老旧城区改造与新型城市建设，是传统和现代的共生。地下管廊的智慧升级版，像大地手掌的另一面，手握生机。

智慧的新一代地下综合管廊，能避免路面的拉链式工程，改善线路蜘蛛网，提高城市综合承载的能力，也是市政治理和智慧城市的基础条件之一。除了常规的电力、电讯、给水、污水、中水，地下综合管廊还收纳了燃气和高压电、雨水，并且通过雨水（舱）和海绵城市进行结合，有效解决城市的内涝灾害问题。智能机器人生活在密布的管道舱和交织的管线组成的网络空间，巡检机器人、灭火机器人随时进行无人巡检，时刻待命。

智慧的地下综合管廊

火速赶往"火灾"现场的灭火机器人

众多线缆集中于管廊，温度异常往往是危险的最初信号。在地下封闭空间，火灾最具毁灭性。6千米长的管道中，智能机器人能否火速发现和消除火灾隐患，关系到新一代智慧管廊能否成功升级。此刻，火眼金睛，拭目以待。当警报响起，管廊内智慧系统开启自动运行处置方案。巡检机器人出动，确定火警位置，防火门自动关闭，灭火机器人迅速赶往现场。各种智能机器人的表现堪称完美。新一代智慧管廊系统通过了所有测试。

一次测试的成功，就是未来满城的平安。

建筑师们摸着石头过河，一边走一边看，一边做一边改。相信经过一代甚至两代建筑师的努力，综合管廊会慢慢铺遍整个城市，将来城市的运维、交通将更加安全、便利、智慧，城市的发展将会焕然一新。

有人把智慧的地下综合管廊比作地下空间站，众多管道舱里随时都在酝酿，都在赋能，为它头顶的城市，带来腾飞的新天地。

7. 与宇宙对话

潜入更深的地下，穿行地球岩层，数千万亿个中微子已穿越身体和星球。地下700米的洞室，就是世界粒子物理研究的最前沿。

中微子是最接近无物质的粒子，构成物质世界最基本的粒子之一。它自由穿行，从原子到银河系，如入无物之境。每一秒钟通过人类眼睛的中微子数以十亿计，却是举世瞩目的"幽灵粒子"，几乎无法被目睹、被捕捉，因此被称为"以不存在的方式存在的宇宙顶流"。

每一个生命，也许都是一个粒子般神奇的存在，在用梦想、热爱创造着不可思议的生命顶流。每一次俯瞰都是仰望。蓦然回首，星河万盏，风动千江。

开平中微子实验站是迄今世界最大的地下实验洞室，形似地球，是捕捉中微子的中心探测器。在坚硬的花岗岩地质下700米，宇宙射线通量可以降到地面水平的千万分之一

地下实验洞室

位于地下的粒子物理研究

地下洞室1

地下洞室 2

到亿分之一，在这与世隔绝之处，也许才能找到让世界惊叹的它。

　　用世界之最，探索宇宙之最。当洞室建成后，一个直径 41 米的不锈钢结构球体，将布满数万个光电倍增管；2 万吨液体闪烁体，3.5 万吨高纯水将形成极致纯净的黑暗水池。当穿越宇宙都能隐身的中微子经过时，极其微弱的光信号将被转换为电信号，瞬息闪烁，闪送宇宙之谜。

　　水池的纯净与坚固，是开启实验的前提。首先，外边的水不能污染水池里的纯净水。其次，不能发生淹井现象。实验风险关键就在于对地下水的控制。不仅贯穿性裂缝不能有，连表层的裂缝都不能有。最高端的科学研究，最先考验的是国家最基础的工业能力。银河系中，星球如尘。而实验洞室，最基础的挑战来自一沙。

　　实验严苛，所需的水泥在百年时间里不仅不能变形，强度不能衰减，甚至不能有一丝裂缝。这就需要控制水泥内部的水化热反应时间，缓慢释放应力。如果水泥的水化产生的温度排不出来，内外温差比较大，会产生应力，就会产生微裂缝。实验洞室需要的低

控制水泥内部的水热化反应时间

热水泥，水化热和其他水泥相比降低了40%，有效防范了混凝土里面由于内部和外部的温差产生的微裂缝。

在未来几十年里，微缩模型等比还原中微子实验洞室的水池防护罩是观察地下水池坚固状态的最直观方法。对于应力状态、水泥压强的变化，建筑师们都追求极致完美。成百上千次的试验，肩负重中之重，探索宇宙的轻。

大国建造，基础工业、基础建设能力的提升，筑基尖端科技。

8. 演变地下，映现人间

　　天府之国成都，这座超过 2000 万人口沸腾的城市，每天产生垃圾 1.85 万吨，可以装满 600 多辆载重 30 吨的大卡车，需要超过 300 节的货运列车才能装下。全城的垃圾处理站，17 个小时不停歇。

　　武侯区，180 万人口，堪称成都最古老、人口密度最大的城区，全区的垃圾经过分类，在南桥垃圾压缩中转站完成压缩中转。拥有 20 多年历史、日处理能力 800 吨的南桥垃圾压缩中转站早已超负荷运转，承担起近两倍的垃圾处理量，垃圾收集车一天 300 车次，流水般运转。一流的运转速度，依然力不从心。

　　这也许是 70 亿人口的地球垃圾处理的缩影。有数据显示，全球每年产生 20 亿吨左右的城市垃圾，垃圾场正在吞噬土地。从地下寻找空间，黄土地里有绿色的答案。

　　紧邻老垃圾处理站的地下，生长出一个超级垃圾处理工厂。走进中国第一座 2000 吨

中国第一座 2000 吨全地埋垃圾压缩转运中心

用建造模型模拟垃圾车在地下垃圾处理站的运行

第 3 章　泼墨地下　　　　　　　　　　　　　　　149

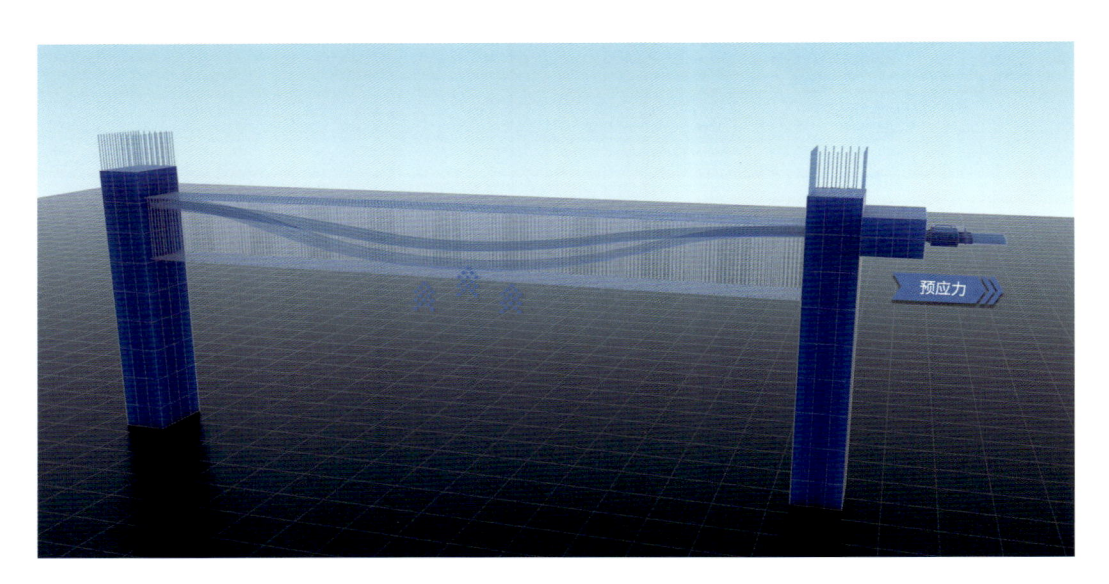

预应力方案模型

全地埋垃圾压缩转运中心，就像走进熟知的地下停车场、地下交通枢纽，慢慢走进的是一个全新视野，慢慢同步于现代城市垃圾处理的探索之旅。

建造的灵感来自桥梁。成都有 1000 多座桥，会用到很多桥梁技术，但把桥梁技术用到建垃圾站上还是第一次。用建桥方式在地下建垃圾站，建筑师们万分谨慎。因为它建在地面之下，也建在悬念之上。

地下空间，上下两层投入使用后，每天将有超过 150 车次、每辆重达 30 多吨的垃圾转运车来回行驶碾压。如果梁柱的承载力不足，将不堪重任。增加立柱虽然能让地下空间坚固，但大吨位的垃圾车拐弯调头时，承重的立柱就成了行进的障碍。如果把建桥的预应力梁的技术用到垃圾站，地下就不用那么多柱子，大车进出方便，而且结构也能足够稳定。

建桥常用到的预应力混凝土结构，承载力大，抗裂性强，是建造大跨度、超高层建筑、承受重荷载的关键技术。在地下空间的梁内增加预应力锚索，3 根高强度钢绞线就

全地埋垃圾压缩转运中心全景

像3根绷紧的橡皮筋，用它们的筋道和混凝土一起承受重量。这个方案是否可行，还需要通过荷载测试。

经过反复推敲改进的模拟测试，实战考验开始了。10辆满载生活垃圾的运输车开始行进。这个立志改变垃圾处理大数据的建造，来自建设者们毫米级的投入。地下二层，测量人员紧盯着数据，屏幕上的每一个小数点，都是大事件。实验数据进行对比，结论是：合格。

建成后的全地埋垃圾压缩转运中心，将把每天上千吨垃圾处理成除臭去污的"压缩饼干"，再封闭运送到填埋场或发电厂。这个地下完成的全过程垃圾处理，自然明亮。

地下是垃圾处理工厂，地上是公园。大自然的生命循环，生来美好。

建筑,有固定的形色,充盈着流动的表达,融入曾经与当下。
它,是语言,是色彩,是力量。
它,融入文明,融入此刻的心跳。
同框未来、眼前和从前。

第 4 章

舞动天地

1. 生死时速，爱的极限

建设中的火神山医院

所有的传奇，都以不可能开场。

举国之爱，勇敢直面突如其来的危险。雷神山、火神山，高山隆起；"云上监工"，每个人关注的目光都给予人们力量。

4万多名建设者从八方赶来，4万多名医护人员逆行出征。2500台大型设备及运输车辆、4900多间箱式板房、20万平方米的防渗膜等大量物资，人力、医疗、科技，迅速集结，应对极速挑战，分秒必争，生死时速。绵延数公里的物资车，连着亿万人源源不断的血脉。数百家分包、上千道工序，建设者利用建筑信息模型、智慧建造等前沿技术，穿插作业、协同作战，工期精确到分钟。紧迫的时间、复杂的设计施工，这是对大国实力的考验，不分你我，贡献所有。

装配式建造、BIM智能化建造、污水处理等数十项先进技术应用其中，中国基础设施建设的硬核实力背后，是举国一心的坚定与担当。10天、12天，巍巍火神、雷神相继拔地而起。

在"两山"医院的建设过程中，每一名建设者都是这个时代的平凡英雄。即使在"两山"医院交付使用后，维保团队也继续与医护人员并肩战斗，24小时响应医院需要，累计完成维保任务3700多次，保障医院正常有序运行。三套电源，确保医院在任何极端情况下都永续光明。爱的电流，为每个电闸点亮希望之光。

总长超过84000米的管线构成了火神山医院的呼吸管，每一米都在与病毒作战。它们连接每一个病房，被病毒污染的空气通过这84000米的管线，被抽离到净化器的滤芯里，捕捉到气流中0.3微米的粒子，净化率高达99.99%。这里也曾是病毒最集中的区域，更换滤芯稍有不慎，一呼一吸间就可能被感染，堪称火线中的火线。

负压病房的维保也是最危险的环节之一。在负压病房里，污染区、半污染区、清洁区形成5至10兆帕的压力梯度，外部新鲜空气可以流进病房，病房污染的空气却不会泄漏，这是实现"零扩散""零感染"的关键。

"两山"医院的智能化运维管理平台，搭载了5G、AI、云计算、大数据等前沿科技，实现了智慧物流、远程会诊、智能审片，这些"零接触"的技术，为医护人员竖起了一道"零感染"的防火墙。14000多个信息点，就像一个神经的触角，在每一个触角的末端都分布着我们的智能设备。技术创新的突破，就是中国综合国力最好的体现。

"平疫结合"型医院的设计建造，在给氧、负压、通风、排污系统等方面都能满足"平疫转换"的需求：平时用作普通病房，一旦疫情发生，能迅速转换成重大疫情救治基地。武汉市要建10家这样的"平疫结合"医院，相当于储备10所火神山

维保工人有序工作

整洁的医院内部

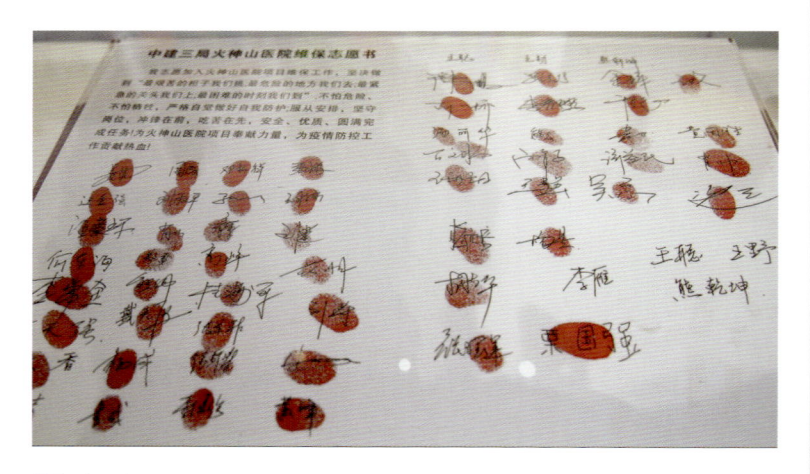

维保志愿书

156　　　　　　　　　　　　　　　　　　　大 国 建 造

两座山的箱式结构

医院的病床数。这些医院，未来将大大提高重大公共卫生事件的应对和救治能力，护佑家国平安。

最美好的建造，是亿万人一起，建造了大爱的高山。这里，汇聚举国之力，拯救一人、一家、一城、一国。

创造了诸多世界第一的雷神山医院、火神山医院尽管只有不到4米的高度，也让人仰望。医院墙壁上的涂鸦，记录着那个时刻的心愿、想念和祝福，是永恒的壁画，是雷神、火神身着的铠甲，记录着爱的极限。它们被画在墙上，也被刻在中国人的骨骼上。

江山如画，中华大地上又增加了两座"神山"，古琴为此鸣响，黄鹤为此归来，樱花为此开放，江河在山间流淌。

2. 千年史诗开篇

我们不断攀爬高度，也在持续挑战跨度。

每一次建造跨度的革命，都是材料对空间的贡献。在全亚洲最大的高铁站——面积相当于 66 个足球场的雄安高铁站，400 根巨型钢梁完成 78 米的跨越。超过 2 万平方米的候车大厅内，无须一根立柱支撑，全部荷载集中于站台的散射型支柱，最大限度上减少了钢材的使用量，也是对空间的极致利用。

将原本粗犷的钢材料处理成可以直接裸露的细腻外观，免除一切外部装饰，这是对材料加工工艺的全新挑战。运用钢材料技术的高峰，正在奠基未来。

京雄、津雄、石雄三大主动脉汇聚于此，开启一次前所未有的旅程。未来，雄安高铁站将成为中国庞大高铁交通网络中，八纵八横的中心枢纽。

建设中的雄安高铁站

雄安高铁站俯视

第 4 章　舞动天地

159

即将完工的雄安高铁站

千年华夏，建造如歌赋。千年史诗，在这里开篇。

从雄安出发通往美好未来的车票，就是家国天下的象征。中国历史的发展，伴随着无数次的出发与抵达。这一次千年之旅，始发站是雄安。

400 根巨型钢梁完成 78 米的跨越

散射型支柱

第 4 章　舞动天地

3. 风云纵横南北

　　成都的第二座机场——天府国际机场，每日起降航班达到1200架次，单条跑道平均每5分钟接受一次400吨荷载的冲击，每日承受约12万吨荷载的冲击总量。

　　机场的地下隔震层，头顶是机场T1航站楼，脚下就是成自高铁。时速350千米的高铁从航站楼下穿行而过，构成中国西南首座立体交通枢纽。

　　陆空交通的无缝衔接，给建设者带来严峻的考验。飞机起降之时，如果地面沉降超过20毫米，下方的高铁将会面临极大运行风险。

　　为了增强机场的抗振能力，建设者在地基承重支柱下方，安装了192个隔震支座。隔震支座通过弹簧系统可以将水平与垂直方向90%的振动化解，让飞机起降与高铁穿行互不干扰，保障彼此的安全。

成都天府国际机场

机场 3400 平方米的玻璃幕墙，总重超过 300 吨。只有将玻璃的重量、安装完毕后的空间结构分布一一计算进去，建设者们才能准确设定隔震支座启动时的参数。

首次试飞，国际隔震技术专家克劳斯·史蒂文现场坐镇。尽管史蒂文已经指导完成全球数十个大型隔震系统的施工，但是对于机场下方时速 350 千米、不减速穿行的高铁隔震，他不敢有一丝松懈。任何一毫米的误差都有可能影响最终的抗振效果。

有 6 家航空公司的 6 架不同机型客机参加首次试飞。从 10∶10 到 10∶40 ，6 架试飞飞机全部安全落地，隔震弹簧的沉降在允许范围内，隔震系统通过了这场大考。

成都天府国际机场投入使用后，与成都双流机场形成中国中西部地区的双飞翼，助力成都成为对外开放的国际化新窗口。

KN5216 次航班从成都双流机场起飞，2 个小时之后，将抵达北京大兴国际机场。

2014 年 12 月，酝酿多年的大兴机场建设开工。数十万参建工人，世界最大的自由

机场房顶

机场地下隔震层

机场安装玻璃墙

曲面钢网架,施工难度达世界之最,历经 54 个月,全球最大的世界级航空枢纽,完成凤凰展翅。

天气,是影响飞行安全的最大因素之一。逆风,是飞机在跑道安全起飞的必要条件。飞机起飞时,只有飞机相对于空气的速度足够大,机翼才能产生上下的气压差,将飞机托起。不仅如此,如果飞机在降落过程中,风向由逆风变为顺风,飞机将有滑出跑道的风险。

AOC,即机场运行指挥中心(Airlines Operations Center),这个跨组织边界的指挥

飞机安全落地

北京大兴国际机场

第 4 章　舞动天地

165

协调、及时处置各类紧急情况的信息中枢，高速运转，时刻处于战备状态，对信息进行秒处理。突然，一条最新的气象预告，让信息中枢要对机场跑道重新部署。

根据大兴机场最新的气象监测报告，上午11：00，风向将由北向南转换。跑道切换提前，管制员必须在40分钟内清空跑道。检查组必须在5分钟内，完成对于跑道的检查，这是机场跑道切换准备的第一步。距离风向变换还有35分钟，管制员必须在20分钟内，为跑道上即将起飞的所有飞机，做出决策指令。当最后一架出港航班起飞时，管制员启动跑道切换程序。KN5216次航班，将于17分钟后抵达大兴国际机场。

用时5分钟，跑道切换完成。AOC向所有进出港航班发布最新的跑道信息，而这只是AOC每天日常任务中的千分之一。10：45，从成都飞往大兴机场的KN5216次航班，进入着陆轨道，大兴机场向它张开了怀抱。全球最先进的灯光指引系统，把一系列复杂的着陆指令，变成一句简单的"跟随绿灯走"。KN5216次航班顺利着陆，大兴机场迎来了投运后的第10万架次航班。

在世界一流的智慧机场，未来一亿人次的吞吐量被完美诠释为每一次的安全起飞和安全抵达。一座世界级的超级机场，只为用"一路平安"，连接每一次出发和到达，连接起世界上的每一段旅途。

大兴机场及塔台

大兴机场运行指挥中心（AOC）

大兴机场夜景

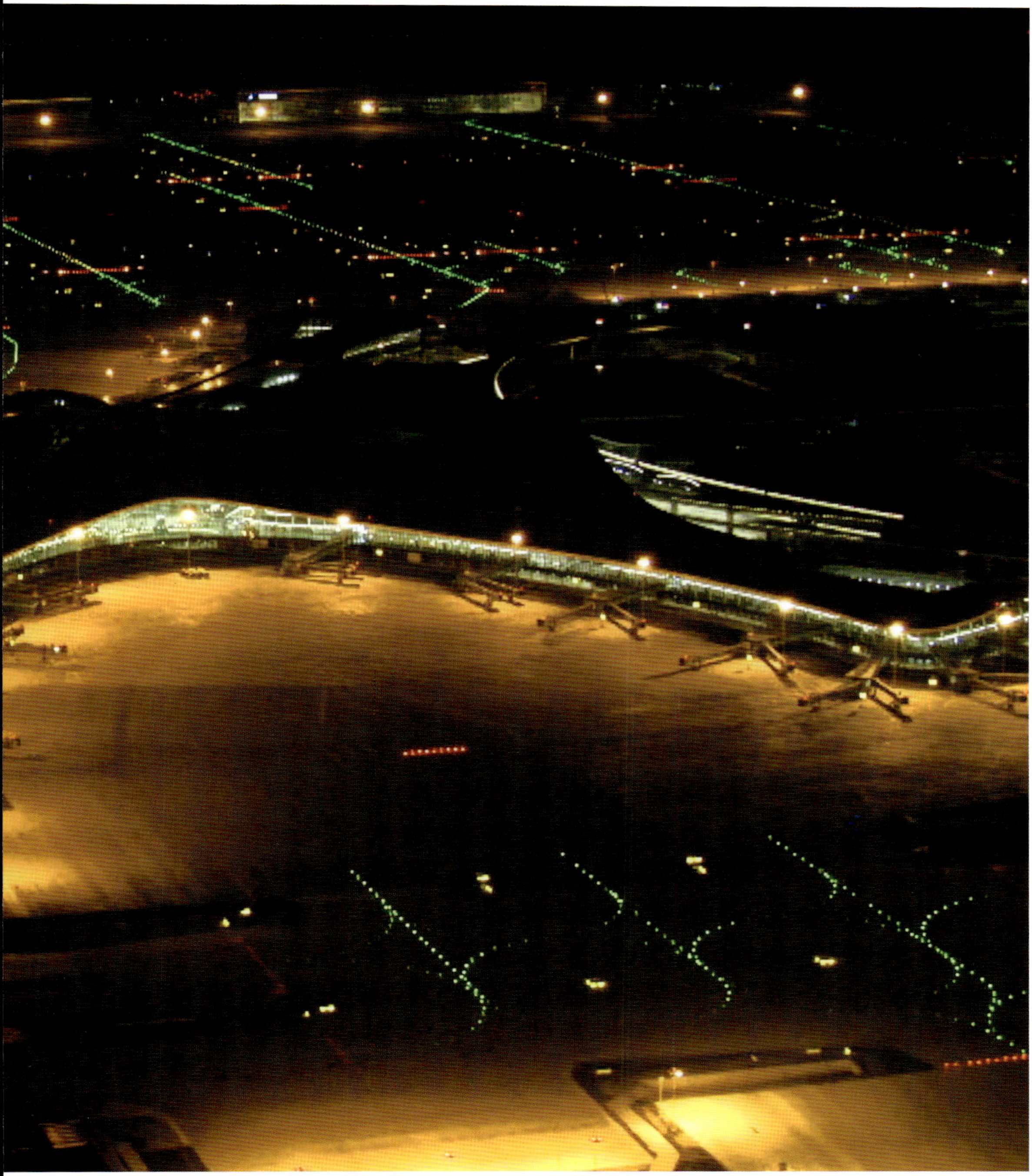

4. 魔方转身

冬季的水立方

赛道防水层铺设

赛道建造中

国家游泳中心水立方，是世界上最大的奥运游泳场馆。2008年夏天，这里共产生了44枚金牌，创造了25项世界纪录。如今，它将完成自我超越，创造属于自己的世界纪录——成为2022年北京冬季奥运会冰壶赛场，变身"冰立方"。这是奥运史上前所未有的设想。

水立方的泳池底部，工程师用钢架搭建可转换的支撑结构，每平方米承重能力达到1000千克，变形不能大于3毫米。2680根钢架要承托上方的所有重量，这是游泳池变成冰壶场地的基础。冰壶对赛道的平整度要求非常高，哪怕一毫米的高差都会有影响。预留在底部的螺母可以调节高度，保持结构平整。

这种可拆卸支撑体系在冬奥会上使用，还是世界首例。搭建好的钢架上铺设混凝土预制板。工程师特意定制了方便拆装的尺寸。1568块混凝土板通过激光跟踪仪进行高差测量，确保这层基础平台的平整度。每相邻的4块板，16个点中任意两个点高差都不能超过4毫米。

预制板平台上，还要依次铺设防水层、保温层、防潮层、防滑层，以及总长度达到34千米的制冰管。这些制冰管日后需要重复利用，而且必须安装到每一个原来的位置。工程师对每一根制冰管以及它的相应接口都进行了编号，这样就能够实现在下一次的转换过程中快速准确地原位安装。

室外一体化撬站式制冰机组，就像集装箱一样，可以整体移动到任何地方进行制冰工作。载冷剂通过预先铺设好的管线从室外输送进制冰管，细致地浇水40至50次，每次浇水形成约2毫米厚的冰层。10天后，8厘米厚的赛道冰面呈现在场馆内部。只需20天时间，水立方就能完成水变冰、夏天变冬天的转变。最神奇的是，制冰过程的所有构件都可以像积木一样随时拆卸。

冰壶比赛场馆有一套严格的温控要求：赛道需要始终保持在零下8.5℃，冰面上方1.5米控制在10℃左右，看台区温度则在16~18℃。工程师在场地内预留了秘密通道，

赛道铺设

水立方夜景

制冰过程　　　　　　　　　　　　　　　　制冰机组

冰面的温度来自制冰管循环的载冷剂，观众席的温度来自座位下的通风口，而送风布袋则用来输送干冷空气。通过严格计算，3种不同的温湿环境可以同时存在于场馆内部。

这是世界首座完成水冰转换的奥运场馆。在未来，它可以自由在水冰之间切换、反复持续利用。

蓝色魔方，转身，变成白色世界，为奥林匹克提供绿色奥运的中国方案。

5. 山舞银蛇，原驰蜡象

高山滑雪起源于欧洲，又称阿尔卑斯滑雪，运动员从高山之巅出发，平均行进时速超过每小时 100 千米。这是一项对比赛场地要求非常高的竞技项目。

在海拔 2198 米的小海坨山山顶，即 2022 年北京冬季奥运会延庆赛区国家高山滑雪中心，共有 7 条高山滑雪赛道，是中国第一也是唯一一条符合国际竞赛标准的高山滑雪赛道。

按照国际奥组委标准，高山滑雪赛道高差必须超过 900 米。小海坨山地处燕山山脉军都山系，是北京海拔第二的高峰。这里山高林密，山体错落，是北京建造高山滑雪赛道的最佳地点。

小海坨山年平均气温在 5℃ 左右，降水量充沛，这里的平均积雪深度为 20 厘米。而奥组委规定的高山滑雪赛道雪厚为 2 米，相比之下，这样的降雪条件并不能完全满足高山

冰状雪　　　　　　　　　　　　　　　复绿

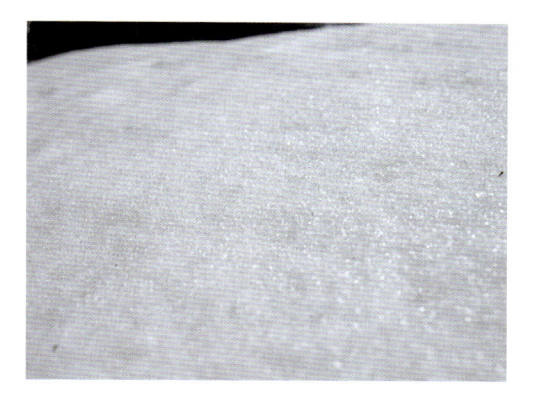

回收系统

国家高山滑雪中心

第 4 章　舞动天地　　　　　　　　　　　　　　　175

造雪

造雪机工作

滑雪对于赛道坡面雪质的严格要求。人工造雪成为必然选择。

造雪机其实不是一个制冷设备，而是一个喷水的设备。气温在0℃以下才能满足造雪条件。水从泵房输出到造雪机，造雪机喷出水雾，在干冷的空气中迅速凝结成雪。场地内173台造雪机陆续开启，一场覆盖70万平方米的漫天大雪飘洒下来。

根据比赛要求，雪道表面必须保持结晶状态，这种雪被称为冰状雪。冰状雪可减小雪板和雪道之间的摩擦力，在运动员高速转弯的情况下依然能保证雪道表面平整光滑。人工造雪的密度为每立方米0.6吨，普通雪则为每立方米0.4吨。只有这种雪才能满足比赛的要求。

大约200个小时后，造雪完成。雪道周边预先搭建了完整的回收系统。比赛过后冰雪融化的水资源将被回收、重复利用。可持续发展的概念不止体现在人工造雪的过程中，厚达2米的雪面之下，建设者们的巧思，共鸣草木之心。工程师通过调研和试验，确定赛道区域植被的重建技术，实现了生态复绿。工程师在修建赛道之前就对草甸进行剥离，在第二年春暖花开时再回铺回来。到了夏天，冰雪消融之后，草就会再长出来，和原自然景观融为一体。雪山还能变回青山。

在复杂错落的山体完成一项超级工程，既要有翻越山岭的勇气，还要有因地制宜的匠心汇聚。建造者用3年时间完成了世界上建造难度最大，也是生态修复最完善的高山滑雪赛道。北京，也成为世界上第一个同时举办过夏季和冬季奥运会的"双奥城市"。

心愿与祝福，是天下留白。

6. 游龙飞跃天地，
　　心跳撞击冰雪

雪车雪橇，早在1924年第一届冬奥会就被列入比赛项目，是冬奥会速度最快的项目，也是中国建造的新赛道。

这是亚洲第3条、世界第17条、中国首条雪车雪橇赛道。1975米的赛道，16个角度、倾斜度各异的弯道之最，独具特色的360度回旋弯道如龙蜿蜒，钢筋混凝土将画出山间的雪游龙。混凝土喷射的赛道表面平整误差要控制在1毫米内，历经600多次喷射试验、上千次检测，终于以非凡的曲折，实现完美的平整。雪游龙开始有了"游"的生动。

雪游龙的雪，将被制冰，这项核心技术书写进大国建造。

近2000米的赛道，超过百米的垂直落差，冰层厚度的误差不能超过5毫米。

雪游龙

倾斜各异的弯道

制冷中枢

赛道下方

山间的雪游龙

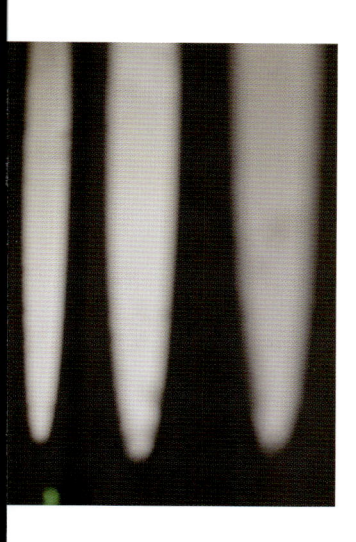

国家雪车雪橇中心制冷中枢，全球同类项目中充氨量最高的液氨存储制冷机房，80吨存储液氨，总功率5250千瓦，相当于2.5万台冰箱。大约10万米的液氨管线被浇筑在1975米赛道下方的混凝土中，建设者要通过54个制冷单元、114组调节站，逐一排查最微妙的温度变化。在制冰过程中，雪车赛道两边如果出现起霜情况，说明赛道温度不均，将影响冰面的平整性，这是冰上运动的最大安全隐患。

这里就是2022北京冬奥会延庆赛区的最高峰，建筑师们用4年时间完成征服，守候冬奥会的安全。

千百年来，在风雪之地生活的人们，用雪车雪橇写下白色的文明。冬奥会，向文明致敬。雪游龙，龙游五环，环接建造。

7. 陡坡化坦途，纵横叠蜿蜒

美在山水间，融水的山即将融入新气象。爆破的响声伴随着这里的播种与收割，芦笙与斗马，像特别的山歌。

还有最后 1 米，融从高速公路龙女隧道就能竣工，56 公里的融从高速公路就将全线贯通。山体，就像人体。雷达超前地质勘测，像给隧道围岩做 CT，进行地质扫描，为安全施工提供依据。

最后 1 米，"龙"字还差一点。

建筑师们一点也不轻松。广西的喀斯特地貌，组成脆弱而复杂的岩层结构。岩石之间，存在无法估量，难以察觉的秘密孔道，一旦破坏，极易引发山体坍塌，千米隧道将毁于一旦。如果炸药量装得比较多，可能会引起较大的石块掉落，导致洞口坍塌。如果炸药量装少一些，可能会因为岩石坚硬，导致爆不出来，需要进行第二次补炮，补炮对洞口

爆破

的扰动可能会更大。爆破的最终方案，要等待进一步检查。

暴雨增加了坍塌风险，隧道加固，迫在眉睫。

将 C 30 混凝土喷射到开凿完的隧道岩壁，10 分钟之内，凝结硬化，形成混凝土支护层。穹顶需要特别加固，进行至少 3 层混凝土喷射，保障隧道不受后续爆破影响。10 个小时后穹顶加固完成，爆破的岩层还要做最后探测。这是贯通爆破前最危险的环节。挖机必须砸掉一层坚硬的岩石，来验证地质勘测的精确性。穹顶渗水，这是一个危险信号！如果此时发生泥石流，在巨大的作业声响下，负责勘测的建筑师可能会听不清预警。加快一秒速度，就是减少一分危险。我们祖祖辈辈与山相依为命，现在也是。

检测、加固、再检测。先进的检测装备和技术积累，正一一排除隐患。

龙女隧道爆破成功

　　龙女隧道的最后 1 米，最终确认的方案是一次爆破。为了到达这 1 米，已行千万里，直到能感觉，风雨会说话，铁石也有心。

　　龙女隧道爆破成功，龙腾大苗山。

　　融从高速公路，让广西融水与贵州从江相连，成为贵州经广西至广东方向最便捷的省际通道。56 公里的公路，像一条绣线，绣出沿线苗族、瑶族等少数民族的 50 多个村寨 60 万村民的锦绣前程。建筑工地上三分之一的工人，都来自不远处的村寨。从此，离这里的人们不远的，除了山和田，还有如歌的未来。

千里之外，田林百色，再添缤纷。

一条板桥出村的历史即将过去。不远处，八书驮娘江大桥即将合龙。八书驮娘江大桥是田西高速唯一一座特大桥。全桥依山而建，桥长569米，像江水流动时产生的弧形。

大桥合龙前，每个关键受力部位都需要精确测量，计算出最合理的施工方式，才能保证大桥安全和寿命。按原本设计，大桥合龙时，中心点需向两侧桥体加载800千牛顿的顶推力，但是建设者们决定将顶推力加码，提升到1500千牛顿。枯燥的数据，复杂的公式，滔滔不绝的论证，组成江边工地许多个不眠之夜。

建桥4年，建设者们几乎每个月都会碰上一次山体滑坡。它阻断了大桥建设的运输通道，更阻断了山里人唯一的外出通道。建设者们暗下决心，一定要如期建成大桥，为民生打开通道。

距离驼娘江大桥合龙，只剩下4天时间。对于1500千牛顿是否合理，建设者们开始了最后的核验。应力监测装置，对桥身重点部位的结构应力进行实时测量，提前预警桥梁结构的细微变化。工况参数被输入BIM三维模型，计算最终大桥是否符合设计要求。多方测量核验，桥身变化仅1毫米，符合设计要求。

今天的建设者，已经有更多技术手段，为偏远山间、特殊地貌带来量身定制的建造。

凌晨4点，大桥合龙正式开始。为了保证混凝土最佳的凝固效果，合龙必须选在一天中温度最低的时刻开始，而且，温度变化不能超过3℃。为了保证合龙时，桥身荷载平衡，大桥上分布了8

合龙成功

第 4 章　舞动天地

个配重水箱。浇筑的同时，释放水箱中的水，保证桥梁荷载不变。

这是山间一个寻常的清晨，也是1000多个日夜，从桥的这一边到那一边，写成"一"字的第一天。清晨6点，橘色的太阳升起在山间，八书驮娘江大桥合龙成功。

"驮娘江"这个叫了千百年的名字，和桥梁连接在一起，腾跃出一笔生动的蜿蜒。更多这样的桥梁在中国的偏远乡村、群山与江河上飞架，连接百色千家，万里通途。

位于百色东北方的巴马是"世界长寿之乡"，八山一水一分田，建设者们带来十分的暖意，建造小城大事。

蓄积起来的雨曾经是这里唯一的水源，小时候捧起来就喝。现在，村民的衣食住行，被捧在手心上。

易地搬迁安置小区建成后，村民的家搬出了大山，但家里的山羊还留在山上。有着30年建设经验的老专家，曾参与过宝钢、沙钢等重大项目建设，却在这里完成了自己职业生涯最出圈的工程——修羊圈。这是他从来没想过的事，然而类似这样的事，他一做就是7年。

民生工程，考验建设者的不是最高、最难、最险，而是能不能更温暖，能不能更贴心。

盘阳大道即将通车，原先规划的便道离村口较远，村民要抄近道，常常横穿公路。建设者们既要保障通行安全，还要考虑村民的出行便捷。另一边，巴马民族医院最后200米的电缆管线开始铺设。一周后，盘阳大道上的安全便道也开始修建。桥通，路通，电通，水通，更要心意相通。

巴马城市民生改造工程的最后一公里即将打通，从百姓的眼睛里，走进鲜活的生活

最后 200 米的电缆管线

里、心坎里。

新学期即将开学，又一批大山里搬出来的孩子们，走进建好的巴马第一中学。不远处的荒地上，巴马第二中学的第一根基桩打下。在这个偏远县城，建设者们用数年时间，不断完成一块块美好生活的拼图。

这些民生工程，挑战建设者的不是巧夺天工的技术难题，而是一枝一叶的细枝末节。脚下的大地，生长着深不可测的爱，万家灯火，每一盏都连心、连万家。

日月为眸，江山为脉。

建造一如笔墨，落笔万物山河。

鱼群游过百川，灯火如海；马匹踏遍千山，如浪蜿蜒。

飞鸟掠过万家的屋檐，也飞入时光的桑田。

沧海一愿，大国的建造像纵横的歌赋，拨动亿万根心弦。

当第一束光光临世界，时光开启。

站在光里，落在大地，水中游弋，空中来去，

与风动、水涌、尘起、光来同行，从宇宙初生的记忆到未来深情的投影。

风起时，万物踏歌；光临处，满地光阴。

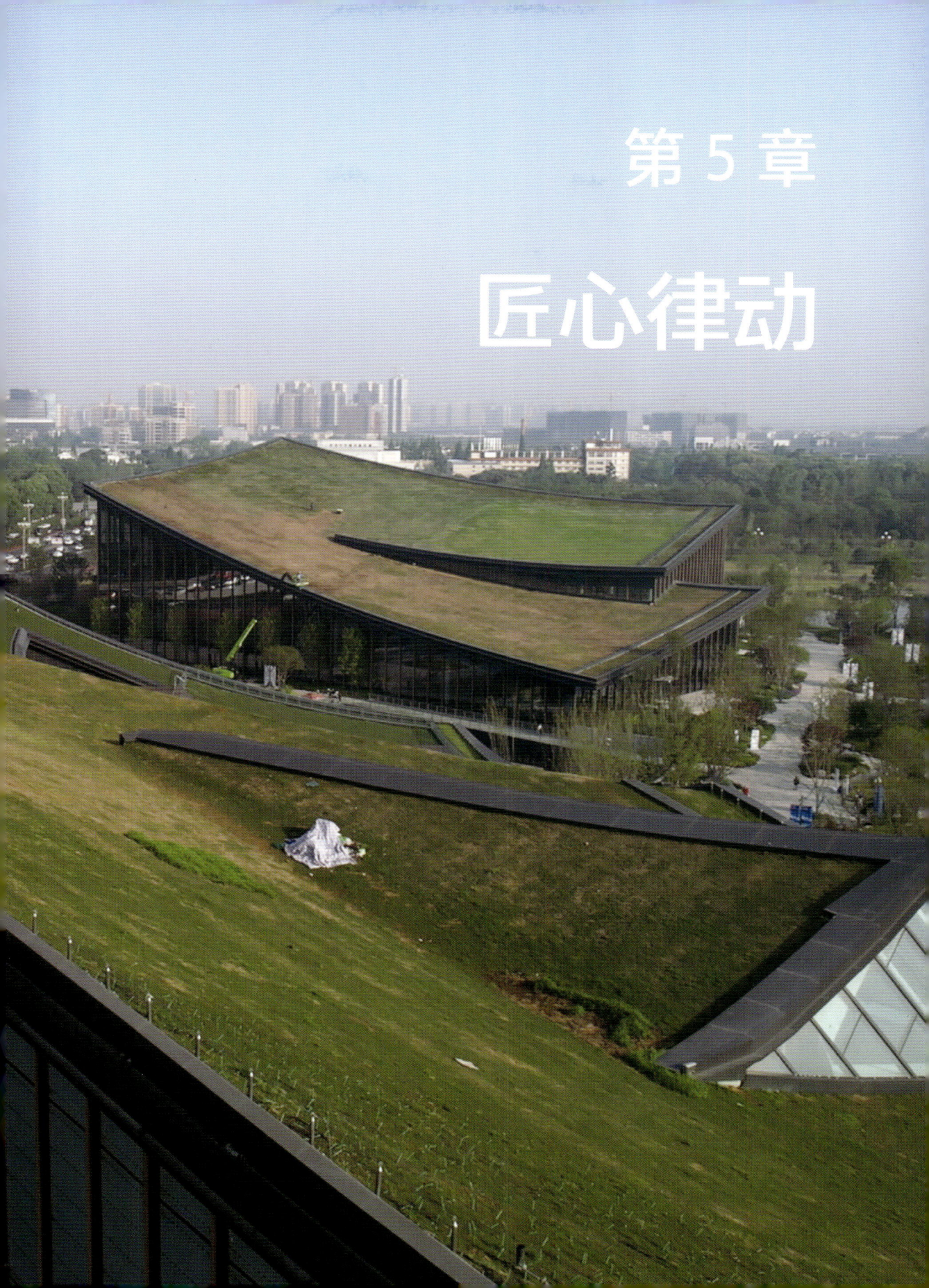

第 5 章

匠心律动

1. 从玻璃拼图开始

玻璃，这种透明而坚硬的物质几乎与人类文明同龄。光影斑斓，犹如时光亿万年的棱镜。近200年来，玻璃与建筑的结合，为空间与光的连接赋予了更多可能。

太阳神鸟是成都这座千年古都的城市标志，它从3000年前飞来，落到东安湖体育场，在第31届世界大学生夏季运动会中飞向世界。

东安湖体育场的整个场馆形如飞碟，6米高的巨型玻璃是飞碟的舷窗。建设者们在体育场的采光顶上，用12540块不同规格的玻璃，将一个巴掌大小的太阳神鸟放大了270万倍，拼出全球最大的太阳神鸟图，迎接大地的仰望和天空的俯瞰。

采光顶不仅兼具为场内观众遮阳挡雨的实用功能，也是东道主展示形象的天幕。这是世界最大的彩釉玻璃采光顶拼装，上万块玻璃如何在近50米的高空中快速、精准入位？

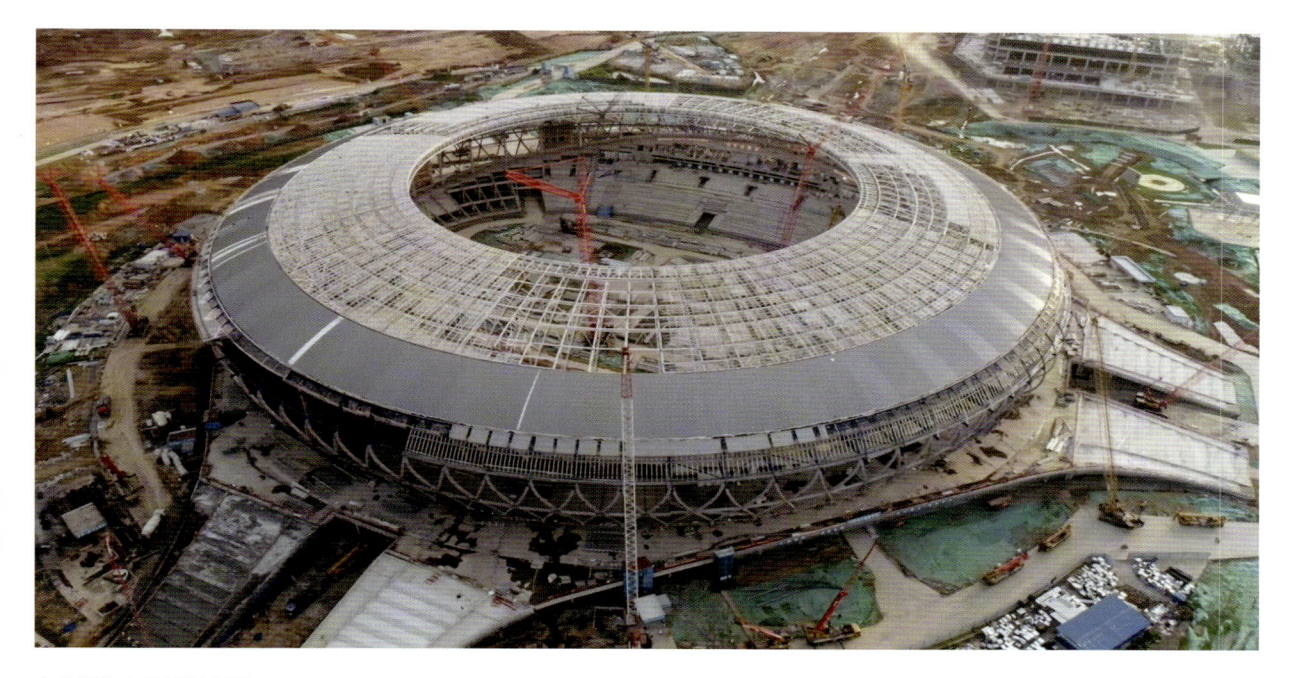

东安湖体育场的采光顶

太阳神鸟是成都的城市标志

工程师们试图从定制的拼图游戏中找到更高效的施工方法

吊装玻璃

玻璃拼装

第 5 章　匠心律动

193

12540 块彩釉玻璃安装完成

仰视穹顶

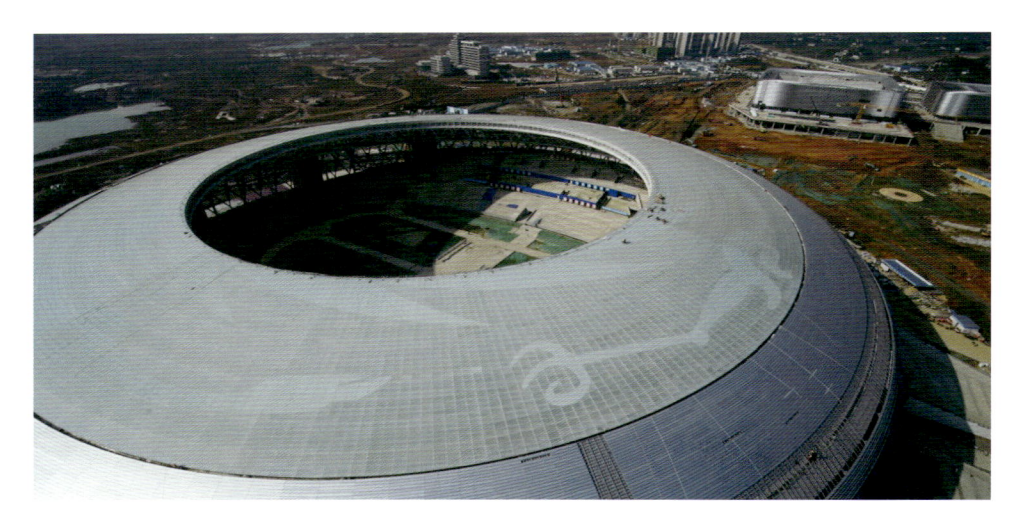

太阳神鸟置顶

奇迹从奇招开始。

这是艰巨的施工，也是神奇的游戏。从一款定制的拼图游戏开始，工程师们试图从中找到更高效的施工方法。采光顶的每块玻璃重达100千克，12540块玻璃涉及的规格有631种，尺寸区别往往只有几毫米。建设者们对每一毫厘都要精确掌握。传统的拼图游戏似乎并不能帮助工程师完成拼装任务，他们需要找到一种比拼图游戏更精确的方法，完成这次极限高空拼图。

"CB 003就是CB-1-003，CB-2-003，或者CB-3-003。"每一个字母和数字都代表着特殊的含义，通过建模，这样的智能建造技术让每一块玻璃都能精确到一个具体的点位。每块玻璃精确编号，再分配到指定区域，分区同步作业，既能提高效率，又减少了错误率。12540块彩釉玻璃安装完成，用时35天，精确率达到99%。汗水与智慧让神鸟起飞，娴熟的铺装技艺为超大型玻璃在建筑中的应用创造出无限可能。

成都气候温湿，阴雨不断。27000平方米的采光顶，需要的玻璃胶缝超过40000米。保证采光和图案呈现美观的同时，屋顶必须滴水不漏。巨型玻璃采光顶的每一个缝隙都需要接受防水测试。严苛的24小时淋水试验结束，采光顶圆满通过了考验。

太阳神鸟，中国文化遗产标志，被放大270万倍后，注入了全新的血液和脉动，在3000年后世界的目光中置顶，也让更多奇迹从这里振翅高飞。

2. 竖起一面秋水，荡起城市波浪

南昌市民中心工地

吊装玻璃

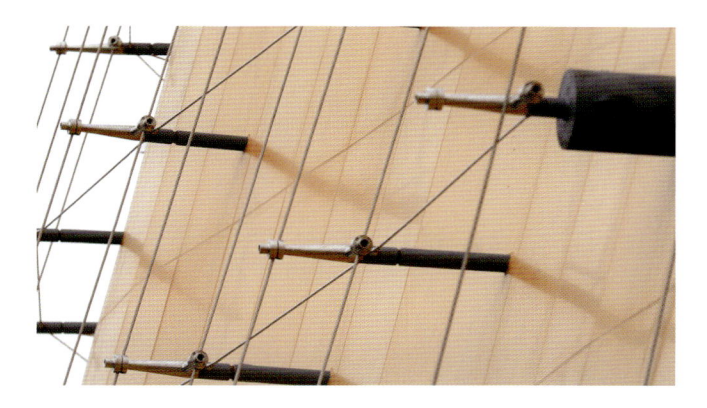

借助拉索结构创建悬浮受力点

通过夹具固定玻璃

太阳神鸟飞翔的天空，也有落霞与孤鹜飞过。落日下，南昌市民中心的玻璃竖起一面新的秋水。飞翔了千年的诗意，续写着此刻新的诗篇。

为了让建筑呈现流水质感，建设者们几乎运用了世界上所有的玻璃幕墙形式，来完成这一次毫无规则可循的安装。建模技术与施工技艺的突破，让这个被设计师封存了7年的设计稿变为现实。

建设者要用8255块玻璃完成建筑外观造型，其中涉及7种体系、24种规格、5525种玻璃尺寸，安装的复杂程度将成几何倍数增加。将180吨透明玻璃悬浮于建筑的中空区，让每一块玻璃流动起来，这是一次前所未有的挑战。

工程师借助拉索结构，在空中创建悬浮受力点，再将玻璃固定在受力点上，这就是玻璃悬浮于空中的秘密。追求空间的通透和流动性，就不能

第 5 章　匠心律动

在建筑中空区安装玻璃是一项巨大的挑战

选择结构简单而粗壮的拉索。

他们要将 625 根细索在空中穿针引线,编织成网,每一个拉索交叉点就是玻璃的受力支点。横索、竖索固定夹具点位,鱼腹式索网结构提供受力支撑,一个支点至少需要 3 种拉索方式才能完成定位。在这张 3200 平方米的巨型索网上,每一个点位的调整,都会对整个结构造成影响。整张网共有 688 个受力支点,累计误差不能超过 5 毫米,需要工程师们反复调试。

受力支点要完成精确定位,需要人工与设备的默契配合。电脑能够精确计算结构受力,进而确定玻璃夹具的位置。经过 3000 多次调整,索网张拉终于完成。经过拉力测试,每条拉索的受力都在预定的范围之内,索网受力达到平衡。

随后,玻璃幕墙的安装工程正式开始。180 吨玻璃按照受力顺序逐一安装,每一块玻

落日下的南昌市民中心

璃都重达千斤。这些经过特殊加工处理后的高透夹胶玻璃，即便破碎也不会有丝毫掉落。它们将替代传统的建筑外墙，抗击狂风暴雨。

　　材料、工艺的突破，将创造更加节能、高效、智慧的建筑。这是建设者们用双手创造的波浪，也是心跳的起伏。

3. 致敬光的力量

亿万年前，喜马拉雅跃出海面。山脉之北，圣地拉萨，集聚千年的心愿。被列为世界文化遗产的布达拉宫、大昭寺和罗布林卡，因为经典，点睛文明。

坛城在藏族同胞心中，是宇宙和生命的象征，西藏博物馆新馆的设计方案将从这里找到灵感。从雪山到坛城，再到西藏博物馆的金顶，层层叠落，与周边的城市、街道、民居相融合。西藏博物馆由此构成了整个世界的缩影。

西藏博物馆老馆已建成20余年，当初1万平方米的体量已经无法满足今天的展陈需求。在保留原馆建筑外立面不变的情况下，设计师们将把它扩建到6万平方米。新的故事将在坛城中徐徐展开。

日光是西藏博物馆的天然藏品，而且将被永久收藏。"日光城"拉萨平均每天能晒到8小时15分钟的太阳，比同纬度的东部地区几乎多了一半。

喜马拉雅山脉

布达拉宫

罗布林卡

透过金顶的日光

西藏博物馆

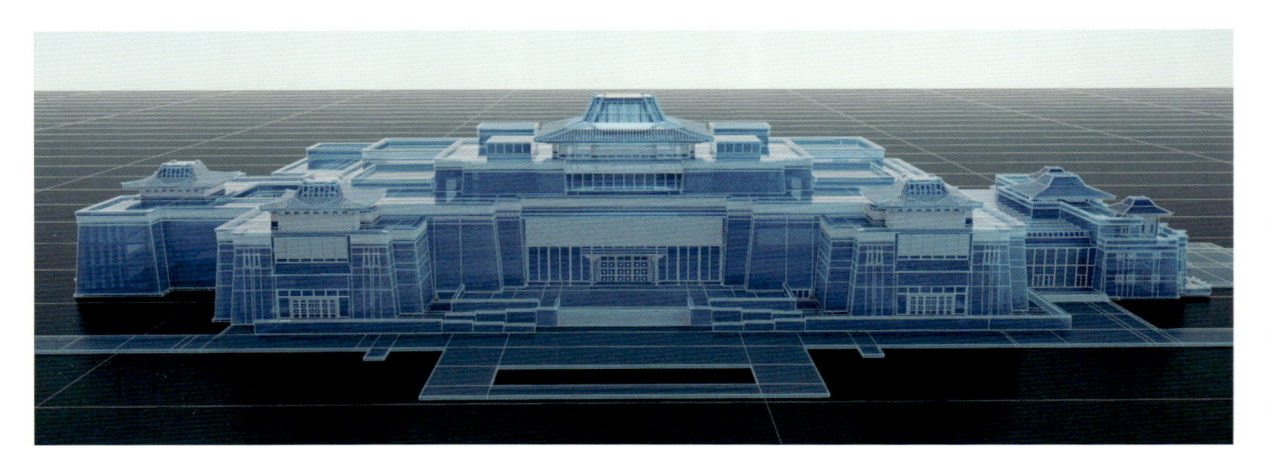

在保留西藏博物馆老馆建筑外立面不变的情况下，扩建至 6 万平方米

藏式彩绘

西藏博物馆特有的气压平衡孔

藏式雕花

坛城，藏族同胞心中宇宙和生命的象征，也是西藏博物馆新馆的灵感来源

第 5 章　匠心律动

203

自动捕捉太阳并进行旋转的太阳能集热器

西藏博物馆的金顶设计

　　西藏博物馆的玻璃透明金顶，可以让更多的阳光从南侧、东侧、西侧射入博物馆的内部。36米高的金顶大厅经由1100块玻璃引入自然光，上部玻璃天窗75度的斜角能够在冬季实现最大的光线射入。格栅漫反射光，改善厅内的采光效果；电动天窗利用热压差促进馆内的空气流动，形成会呼吸的大厅。

日光让未来的博物馆成为光的容器。特殊定制的玻璃从 3000 千米外的内地运输进藏。这些玻璃都有一个特殊的设计：两根预埋在中空层的直径为 1 毫米的气压平衡孔，它们可以用来应对因氧气少、内外气压不均衡导致的玻璃密封起鼓、开裂甚至爆炸等问题。内地的气压比西藏的气压要高，就像我们在内地买的一袋方便面到了高原就会鼓包，玻璃也是一样。安装之前，工程师要把气压平衡孔里的铁丝拔出来，用密封胶密封，实现玻璃内部和玻璃外面的气压平衡。

在光与玻璃相融的空间里，建筑成为自然的完美表达。

光在这里成为能量之流。西藏博物馆 3500 平方米的屋顶铺满了太阳能集热器，这种槽式跟踪太阳能互补供暖系统上的弧形镜面能根据光的方向自动转体，采集太阳的光线，集热效率能达到 70% 到 75%。科技为释放阳光提供了更多可能，迎接从各个方向倾泻而来的光的瀑布，用光线为史册打开新篇。

切割、拼装、雕花、彩绘，这是藏族同胞祖祖辈辈传下来的手艺。145 个装饰斗拱和 13 个木狮子的选材必须是风干 10 年以上的本地胡杨木，这样才能避免它们风干开裂。在藏族同胞心里，树有两种生命，一种是生长在山林中的寿命，还有一种就是被用在建筑中，经受时光的检验。

西藏建筑的神奇之处在于用有形的材料——石头、木头、黄铜——来致敬无形的力量，那就是光。光线落在喜马拉雅，也落在这里。

建希望之山，造时光之城。自然，就是博物馆。

4. 火轮升腾，凤凰展翅

地球上现有的能源储备已进入倒计时。同时，一项关乎人类未来命运的工程已经拉开帷幕。

氘、氚两种原子在"人造小太阳"装置中被加热到 1 亿摄氏度，就可以用来模拟太阳内部的核聚变，全球的科学家都在努力寻找控制它的有效办法。

合肥聚变堆园区是"人造小太阳"地球上的家。"人造小太阳"背负着全球几代科学家的梦想，因此，园区内每一处的施工都不能有丝毫闪失。

按照设计要求，在"人造小太阳"的核心厂房，每平方米地坪的承载力必须达到 10 吨，而且 50 年沉降不能超过 1 毫米。然而，实验数据显示，土壤的含水率仍然不理想。如果用换土作业的方式，虽然工期短，但土地的承载力无法保障；如果用打桩的方式加固地基，项目又将面临延期的风险。

合肥聚变堆园区施工现场

　　一波未平一波又起。在地坪作业前,屋顶的闭水试验必须提前展开。这是关乎"人造小太阳"安全的重要一环,也是保证屋顶材料达到 25 年以上使用寿命的最关键一环。闭水实验之前,2562 个焊缝必须一一排查,每一个缝隙都不能放过。

　　试验选择在屋顶的最低处展开,这里是最容易渗水的焊缝。建设者用沙袋围成一个 2 米长的蓄水池,用排水管模拟屋顶流下的雨水,持续蓄水,等待结果。这一步考验的是对焊接的密度要求,肉眼只能看到毫米级的误差,但水分子能以纳米的精度去测试焊缝工艺。

　　为了做好整个园区的地坪,建设者特意选择安置"人造小太阳"主机的 400 平方米地面作为试验地坪。试验成功后,才能推广至整个园区。试验地坪的第一层加固完成之后,还要进行混凝土浇筑。为了避免温度变化带来的影响,20 吨试验地坪的混凝土浇筑必须赶在 3 个小时内完成。浇筑完成之后,65 名建设者将 5382 根钢筋编织成密织的网

"人造小太阳"核心厂房

"人造小太阳"7号厂房

焊接作业

屋顶的闭水试验

"人造小太阳"12号厂房

试验地坪

混凝土浇灌

"人造小太阳"厂房外景

格，与第一层的钢筋绑定在一起，形成地坪的第二层骨骼。这是地坪施工的最后工序。10小时后，400平方米的混凝土作业完成。

7天后，建设者们迎来了地坪承载力的试验大考。起重车将100吨重的大石块缓缓落下。借助千斤顶，这100吨重量将作用在1平方米的地坪上。这个单位压强，已经达到每平方米10吨的最大荷载目标。最终，试验地坪的沉降量是0.62毫米，符合设计要求。

与此同时，屋顶的防水作业也完成了改进，达到设计要求。

一沙一尘的建造都充满神圣，这里将是"人造小太阳"的登陆之地。

5. 千年华夏，
着墨此刻春秋

中国工程院院士、中建西北院总建筑师，张锦秋

西安，十三朝古都穿越 3000 年中国，生长出新的地标。

芙蓉园是千年皇家禁苑，在现存史籍中记载甚少。"三月三日天气新，曲江水边多丽人"，以唐诗为地图，中国工程院院士、中建西北院总建筑师张锦秋在诗歌里寻找唐朝建筑的眉目与气韵。以紫云楼为中心，南眺终南，北俯湖池，西望雁塔，东对芳林，40 组园林建筑从曲江池眺望唐朝。

大唐芙蓉园全景

　　紫云楼台座高12米，与西安古城墙的高度一样；重檐庑殿顶是中国古代最高等级建筑的屋顶形式；近万件瓦件，近千座斗拱；四座拱桥相连四座阙亭……这是一座不断生长的大唐芙蓉园。新的气象逐日月而生。

　　夜景中的紫云楼以明月为杯盏，自千年前流觞而来。这里是李杜吟诗的回廊，韵脚处，踏入了今天的足音。建造者们采用钢结构、玻璃等新材料来满足今天的诸多空间需求，好像一个今天的词语被安置在了盛唐的诗句间。传统与现代，在文明的血脉里共鸣。

　　举头今日明月，低头唐时故乡。晚上8:00，华灯初上。8000个LED光源，40000个光路，以有形连接无形，营造着梦的空间。丝绸装点世界、瓷器装满天下的时刻，被续写成今天的五言与七言。芙蓉的花瓣，就是时光的斗拱。

　　明月与故乡，以一万首唐诗吟诵为风声。

　　当我们身临其境，一种文化自信油然而生。我们要传承中华民族的文化精神，又要与时俱进不断创新，谱写中国建筑的新篇章！

第5章　匠心律动

望春阁

彩霞亭

大唐芙蓉园夜景

夜色中的紫云楼

6. 黄土地上的建筑符号

每座城市都有文明之根，从心跳里生长出今天的心动。

每一次注目都是注目礼。穿行在西安到延安的道路上，周边的沟壑给人们带来强烈的力量感。真正的建造不仅要把一个地域的建筑现代化，还要把现代的建筑地域化。建筑一定要扎根在土地里，才有生命的空间。

延安大剧院是革命圣地延安的新地标，与宝塔山遥遥相望。

黄土地上的所有符号都是建筑师设计的语言，艺术混凝土和窑洞符号共同塑造着延安大剧院的形式。中国书法书写在延安大剧院的屋顶，如同大地上的一撇一捺，呼应着周边的群山。剪纸成为延安大剧院门厅窑洞的装饰和剪影，民间艺术和大剧院的高雅艺术在这里紧密结合，经过时光剪裁的陕北风情，成为今天光影的表达。

延安地貌

革命圣地——延安

延安大剧院外观

延安大剧院内景

　　不同肌理的材料表现着黄土层积的地质形态，建筑就如同从大地中生长出来。

　　这片土地的灵魂与延安大剧院这座艺术殿堂彼此呼应。在这里，在延安，在中国的西北角，这里的每一曲，都在与黄河合唱。

延安大剧院门厅装饰中的剪纸元素

7. 让建筑在大地上行走

北起福州，南至漳州的福厦漳高速铁路，将沿海的 5 座城市连接起来，形成一道漂亮的海滨弧线，打通了福建东南一小时经济圈。

然而在福厦漳高速铁路的规划路径上，厦门后溪长途汽车客运站正好挡住了去路。建设者们发动头脑风暴，要给这个长途汽车客运站搬个家。适合它的新家在西北方向的一块空地上，但这意味着，它要完成一个 90 度的弧线位移。这个长途汽车客运站的"短途旅行"，被称为中国最大的单体建筑平移工程。

厦门后溪长途汽车客运站主站房长 162 米，宽 33.6 米，总重量达 3 万吨，是一个结构狭长的巨大建筑。它的一层大厅有 75 根支撑立柱，两个受力点之间的最大距离达到 36 米。如果按照常规办法从一层平移，容易因受力不稳而造成楼体倾斜。工程师选择了从支撑结构更为稳定的地下二层进行楼体切割，通过在立柱间浇筑混凝土形成一个稳固的网状托盘。

厦门后溪长途汽车站

90度弧线位移的"短途旅行"

第 5 章　匠心律动

长途汽车客运站的平移过程

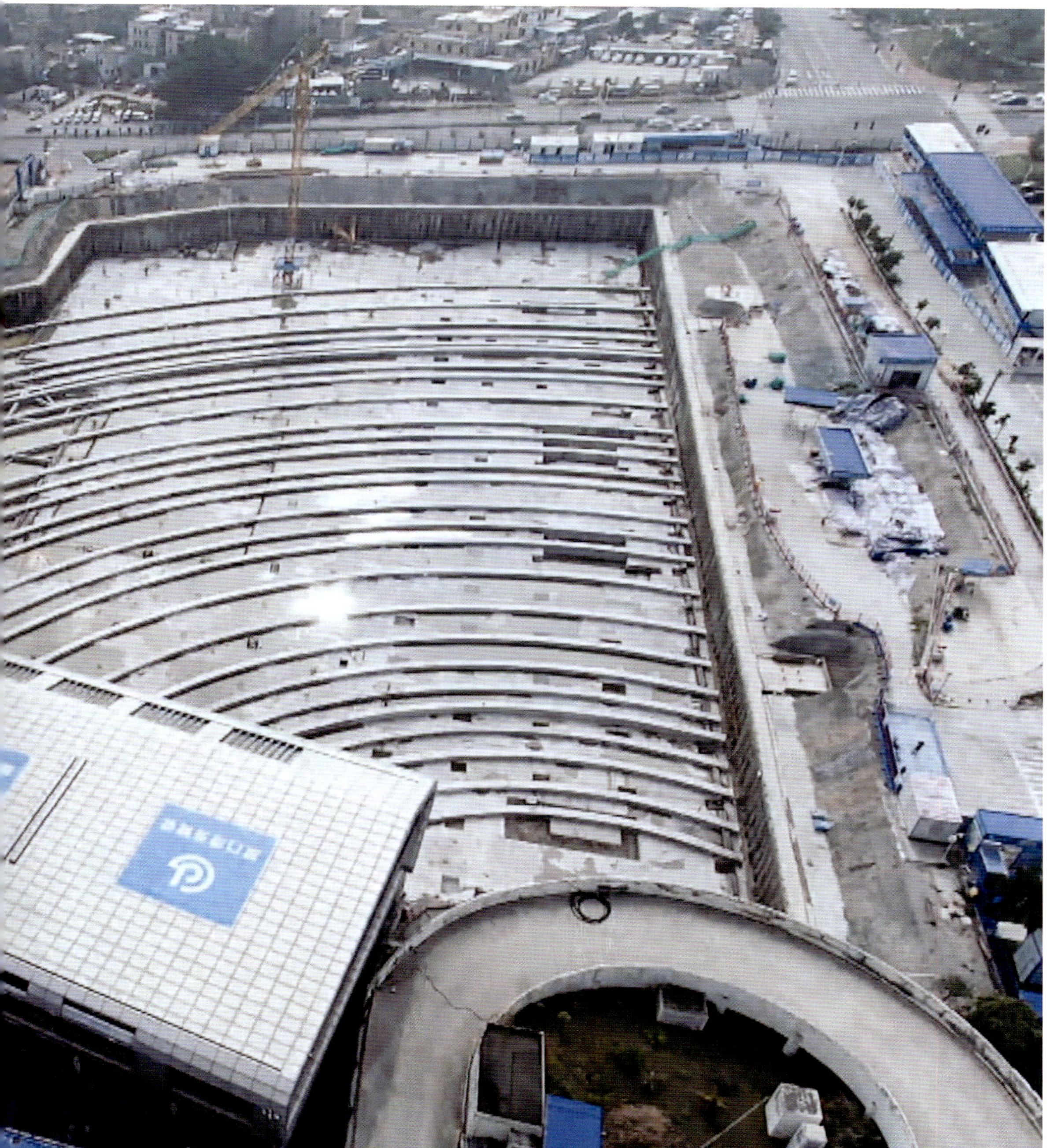

主楼楼体脱离地基后，就像一块积木一样被取下来。接下来的问题是，如何让长途汽车客运站移动起来？在路面桥梁建造的过程中，桥梁工程师会利用一种巧妙的方式进行桥体位移。他们在川流不息的高速公路上，利用液压力量，将下方轨道将已经拼装好的桥面运送到公路的另一端。工程师巧妙借鉴了路面桥梁建设的顶推原理，制作了一个液压装置，将它们排成 4 个一组，两两交替升降顶推，这就如同给长途汽车客运站装上了能够行走的脚。工程师在平移范围内挖出一个大型基坑，铺设了 26 根弧形的混凝土轨道，在主站房底部布设了 532 个步履行走器。行走器通过液压悬浮技术自动校正高度，让楼体能够始终维持稳定。工程师预先设置了 603 个传感器，它们就像 603 只眼睛，关注着每一只顶推器的行走信息，并进行实时反馈。532 支顶推器的行进误差将被自动精确控制在 2 毫米之内，移动步调保持完全一致。

从 9 点到 12 点方向，38 天，288 米，3 万吨的长途客运站主站房以平均每天约 7.5 米的速度，完成了自己说走就走的"短途旅行"。

这是世界上第一个长距离、大半径的建筑迁移，未来经过这里的长途车和高铁都将见证中国建造在这里创造的神奇时刻。

我们可以移栽一棵树，也能让建筑在大地上行走。当空间有了移动的可能，未来的城市将带给我们更多的想象。

施工现场

第 5 章　匠心律动

8. 七十二变，演绎西游传奇

江苏淮安张开羽翼，仿佛 500 年前吴承恩在这里写下的《西游记》未完待续。

西游主题乐园用最现代的语言续写着时间的章回体。工程师们全面把握从设计到建造的每个环节，将中国传统文化里的永恒之美，下载到今天的时空，激活为世界共享的乐园。

"顶摩霄汉中，根接须弥脉。巧峰排列，怪石参差。"《西游记》里的雷音寺在西天极乐世界的灵山上，而工程师们试图创造的不只是 81 米高的雷音寺，还要像绣花一样造山——造一个世界上体量最大的假山。乐园之乐的灵魂是一种时空维度，一个"地胜疑天别，云闲觉昼长"的奇幻境界。

假山的坚固程度甚至超过真正的石山。建造体量巨大的假山，首先需要打造支撑它的坚强骨骼。异形钢结构的网片就是山体骨骼的奥秘所在。2 万个异形钢结构网片支撑

西游主题乐园中的雷音寺

效果逼真的假山

西游主题乐园全景

工程师制作搭建假山所用的网片

工程师为网片贴二维码

起了 81 米高的雷音寺，每一个结构都不相同，每一个都有自己的编码。建设者们把 3 万平方米的假山切分成 2 米乘 2 米的网片单元，再把扭曲的外形变成单元网片去组装，像搭积木一样实现整个假山的还原。

造山，不仅要造形色，还需要造气势、造心神。

砂浆覆盖在网片上，成为假山的血肉和皮肤。它具有极强的可塑性及艺术表现力，低收缩、免开裂的性能能够适应多变的天气环境要求，也可以对内部的钢筋网片起到保护作用。

水泥之下，山的一角，精准的魔幻世界正在工程师手中诞生。悟空一个筋斗翻出的世界，在这里需要成百上千次反复精确地调试。座椅摆动幅度精确到毫米，视觉造型出现的时间要精确到毫秒。为了实现最佳的沉浸式体验，工程师们每晚都要进行至少 40 次的测试，只为完美呈现西游的一念。

这支建设队伍像取经一样，参与过香港和上海迪士尼乐园以及新加坡、北京环球影城的建设，试图取得建造主题公园的真经。他们用跨界、出圈、超越这些不设限的动词，连接建筑设计、植物景观、特色雕塑，融合物理、化学、结构工程、仿生材料、声光电等多种学科，创造爆款乐园。

《西游记》里这样形容大雷音寺："东一行，西一行，都是蕊宫珠阙；南一带，北一带，遍满宝阁珍楼。"在 5000 年东方文明的宫殿里，无尽的宝藏正在创造此刻宝藏的中国。

9. 光影耀动，击中辉煌

富阳银湖体育中心

富阳银湖体育中心是"杭州2022年亚运会"12个新建场馆之一，在这里将举行射击、射箭和现代五项三大赛事。

建设者们耗时1000多个日夜，只为打造心目中的十环。射击比赛中，照明环境对运动员竞赛成绩的影响极大。"时光"两个字，被建设者解释为关注每个时刻的光。不远处流淌的富春江流入了此刻的山居，34000块百叶以光影点染出《富春山居图》的笔墨，也让光线从百叶之间恰到好处地流入场馆。

在场外创造10000种光影，在靶上却不能留有一丝阴影。新一代靶面的内凹设计，让现场的灯光设置不再有阴

光线从百叶之间恰到好处地流入场馆

光影里的富春山居

232 　　　　　　　　　　　　　　　　　　　　　　　　　　　大　国　建　造

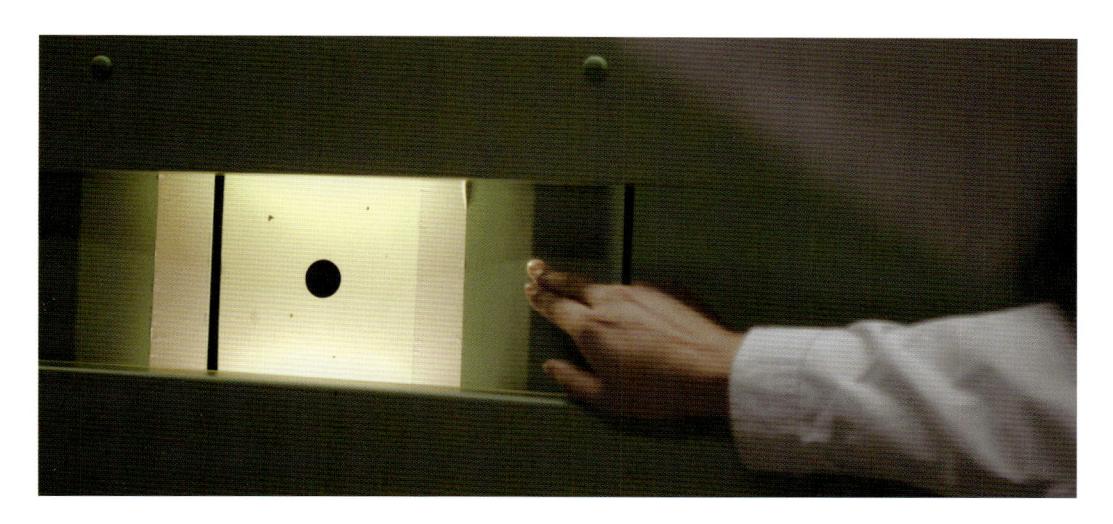

在光影的变化里，找到精确

影。用铝板做一个简易的截光板，就像外墙的截光槽一样，可以用活动的铝板来控制光源的面积和方向。截光板既不能将靶面遮挡得过暗，又要将阴影去除。建设者们一遍遍耐心调整，在光影的万般变化里，找到精准的唯一。

当亚运会开幕，开卷此刻光影里的富春山居，被美击中的心，从那时，到这里。

10. 木棉绽放，
听江海潮鸣

南沙位于珠江出海口虎门水道西岸，曾翻开中国近代历史上悲壮的一页。今天，作为粤港澳大湾区世界级城市群的一部分，百年一沙绽放出了一朵未来之花。

在国际金融论坛 IFF 永久会址，一朵木棉花见证了世界之约。在中国首个国际金融岛上，占地 7.2 平方千米的未来全球金融资源配置平台将诠释无限可能。

为了一朵花的轻盈开放，建设者使命如山。

这是一支平均年龄不超过 30 岁的年轻建设队伍。2003 年国际金融论坛成立时，他们中的大部分人还是少年。此刻，他们将用 10 万件规格不同的异形钢结构完成高空极限拼接，以盛开的木棉花花瓣呼应青春。

钢结构木棉花花瓣是连接的重要节点，也是会场迎接世界的大门。若干小型钢结构

中国首个国际金融岛

"木棉花"施工过程

"木棉花"所用的大跨度异形超限钢结构

搭起"木棉花"的桁架

悬在空中的桁架

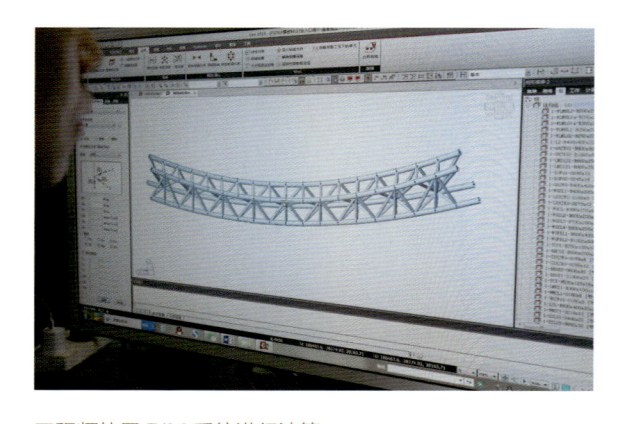

工程师使用 BIM 系统进行计算

层层搭起的桁架

"木棉花"最终效果

在地面拼接出整体造型，确保花瓣轮廓呈现出最自然的姿态。要提升重达 165 吨的异形钢结构，重力的稍许偏离都将导致支撑台架受力不平衡，建设者必须随时将偏移力校正为上下垂直的重力。借助 BIM 模型的精密计算，如同 CT 透视扫描一样，一个桁架提升完以后，木棉花造型就基本呈现在大家眼前，绽放在曾经的沼泽、鱼塘、荒地上，如同一束阳光耀动大地。

日月流转花的心思，天地见证花的容颜。花开在此刻，致敬光阴和诗意的行间。

11. 茫崖之花，生于风沙

柴达木盆地是中国四大盆地之一，被昆仑山、阿尔金山、祁连山环抱。在酷似火星的荒凉地表下，却涌动着亿万年地球生命带给人类的滚烫的馈赠。

60年前，新中国第一支石油勘探队伍在这里勘探出世界上海拔最高的油田，并以"青海"命名。青海油田钻机里石油喷薄而出的景象，至今依然是温暖的国家记忆。2021年，经过数十载的勘探、论证、研发，有"聚宝盆"之称的柴达木盆地首次启动页岩油的规模开发。页岩油，即页岩层系中所含的石油资源，埋藏在4000米以下，是化石能源的战略性接替资源。

建设者一米一米地细致观测页岩油井钻进岩层的轨迹，伴随深度而来的是固井的难度。固井，如同给油田开采打造金钟罩。在套管和井壁之间注入水泥浆，深入地下几千米，封固后可以隔绝地层内的油、气、水层，防止互相串扰，从而在井内形成一条石油流通道。固井水泥的质量关乎数以亿计的资金投入，这场能源开发的成败，就在泥沙之间。

柴达木盆地页岩油开发现场

柴达木盆地页岩油开发现场

第 5 章　匠心律动

中国能建葛洲坝水泥公司

世界上海拔最高的油田——青海油田

向地球内部进发

勘察现场的技术人员

钻井现场的石油工人

深入丰饶的地表深处

　　青海油田需要的油井水泥大都来自洞庭之南，这里也是中国最大的特种水泥生产基地。每一口井的井深、温度、压力、环境不同，固井水泥的配方也将完全不同。只有反复在实验室进行调配，才能找到一井一方的定制专属配方。向地球内部进发的数千米旅程中，固井水泥将一路护航。

　　地表 4000 千米以下的页岩上，会存留亿万年前的一滴雨滴的痕迹。今天的中国大地，大到上百吨的钢构件，小到 1 克的水泥，上至几百米高空，下达几千米地底，每一位建设者都将和祖国一起，将从历史走向未来的足音印入生生不息的时空史册。

12. 屋顶之上，看见青山

铺设完成的天府人文艺术图书馆全景

天府人文艺术图书馆的造型是一本书，这本书的扉页是一个朝天的草原。这是目前国内最大的草坪屋顶，近2.2万平方米，相当于3个足球场的面积。

在曲面的山形屋顶种出一片草原，即便建造的是一个图书馆的屋顶，也没有这样的书本经验可以遵循。屋面最陡处有60度，极易发生土壤滑移。但建造它，没有先例。

如果采用普通的土壤来种植，5厘米厚度的土壤放在屋顶上很有可能会压塌屋顶，因为它的重量太重了。由秸秆、有机质土、纤维构成的美植砖，让"搬砖"这件事变得美好。这种人造种植土的厚度虽然只有5厘米，却自成一片沃土，完全能够满足草皮生长、养分自给的要求，每平方米荷载只有普通土壤的九分之一。屋面重量减少，可以节约近400吨钢材。

山形屋顶上的春晖

铺着人造草皮的大角度倾斜屋顶

建筑师紧锣密鼓地为屋顶铺设美植砖

　　绿色建造理念的寸草心，辉映三春晖。2万多平方米的草坪屋顶，是一个巨型的天然消音器，也是一个特大号的防晒帽，夏天不开空调，也能保持室内清凉。

　　恐龙时代、星球故事、万物历史、人类文明，它们的故事在这个图书馆里被不断分享。图书馆屋顶生长着草原和知识的海洋。仰望星空，值得种草。

安静清凉的图书馆内部

市民纷至沓来

第 5 章　匠心律动

247

天地有情。
田间的秧苗记得春秋的浓淡，山间的果园印上日月的深浅。
草原上羊群刚奔跑进风的大海，云就游走在光的丛林。
建造，就在这多情的世界开始书写，田字格里的爱，波浪线上的心。
致敬从前和以后，每一个我们，每一双眼睛里，仰望的赤诚。
西电东送、北电南供、水火互济、风光互补，在临界中跨界，在极限中超越。
呼应生命与星球，能量的传奇。

第 6 章

灿烂炳焕

1. 谱写黄河第一曲

黄河几字弯，在西部山间起笔，勾连起发展的梦想，也牵动了不到万人的拉加小镇。

翻过海拔 4300 米的黑土山垭口，一个黄河上的超级工程，已集结上千名建设者。他们从湖北航电枢纽工程来到青海玛尔挡水电站，从长江的怀抱来到黄河的臂弯，只为民生。

玛尔挡水电站，装机容量 232 万千瓦，黄河上游在建海拔最高、装机最大的水电站。为了捕获湍急水流中的能量，水电站大都建在陡峭的峡谷间。要想在有限的空间里，放下更多大型水电设备，建设者必须在山体内凿出足够大的地下洞室。这里岩石的硬度非常高，工程师只能通过炸药开凿洞室。高峰时，一天最多要进行 28 次爆破，仿佛山与人齐鸣的澎湃心跳。

两年中，建设者开凿了 48 个洞室，纵横交错，组成洞室群。设计图纸上的每一个小

黑土山垭口

建在陡峭峡谷间的水电站

第 6 章　灿烂炳焕

地下洞室

机电组进行安装

点，都代表一个爆破孔。孔径、孔间距、孔深，每一次爆破参数设定，都需经过反复精确计算。

玛尔挡水电站最大的一个地下厂房，有 25 层楼高，可容纳 41 架波音 737 客机，就在这里即将进行一次爆破。与此同时，防护网另一侧，发电设备也在安装过程中。相邻洞室，同步展开作业面，这是因为建设者既要确保施工安全，也要无缝对接不同环节，争取节省时间。

爆破的雷声响彻山底 15 分钟后，各个洞室恢复工作。主厂房的机电组开始了一场设备安装的闪电战。首先起吊的是 4 号机组的首节肘管，长 11 米、宽 6 米，重 50 吨。它将被安装在水轮机组的最底端。厂房的最高处，测量队正实时观测两侧墙体的受力变化。岩锚梁是地下厂房最关键的承重部位，尽管其单侧承重达到每米 100 吨，但仍岿然不动。

施工，夜以继日。超过千人作业，3000 多台设备马不停蹄。还有两年，玛尔挡水电站将实现首台机组的投产发电。

黄河之水天上来，为天下而来。充满智慧的人们为黄河九曲，再写新曲。

2. 以水为笔，书写未来

江河之势，带来奇思如瀑。只要有高度差，就能造出奔流的峡谷。

江苏句容，正在建设世界最大填筑规模的抽水蓄能电站。上水库拥有超过 3000 万立方米的土石填筑量；下水库则有能力蓄水 1691.95 万立方米。7 年后，相当于一个西湖容量的水，就能在两个超级大库盆间来回奔涌。

整个抽水蓄能电站，就相当于一个大型的充电宝。上下水库，分处山顶和山脚。用电低谷时，用多余的电把山脚水库的水抽到山顶水库；用电高峰时，再从上往下开闸放水发电。来回往复，不仅能发电，还能实现能量调配，让风电、水电、火电、光伏发电组成的巨大能量场，处于整体平衡状态中。

"句"和"容"各有一"口"，正如爆破出山的两个方形大库盆，展现建设者们让句容吞吐新能量的智慧。

世界最大填筑规模的抽水蓄能电站建设现场

位于 272 米高山腰上的上水库施工现场

第 6 章　灿烂炳焕

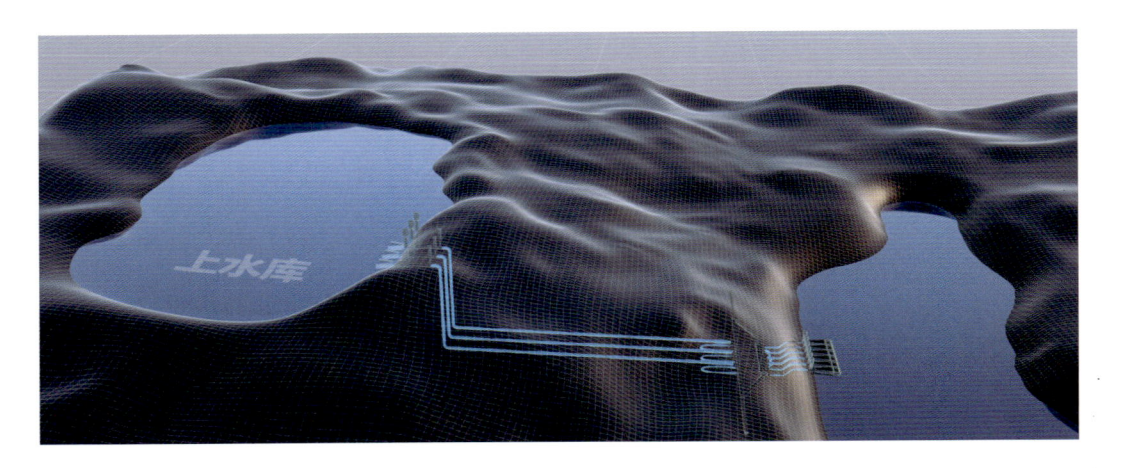

抽水蓄能电站工作原理

起爆现场

    句容抽水蓄能电站的填筑规模堪称世界第一，在其土石方作业工程中，需要进行的爆破超过千次，这才让大坝有了完美的参差。而山体内，深藏着跌宕与起伏，孕育着另一方天地。超过 20 个洞室工作面，包括主副厂房、主变室、引水调压井、闸门井、引水上下平洞、高压竖井等，核心水轮发电系统的建造过程，被别出心裁地隐藏在这个地下空间内部。

这是建设者们用三年多时间，开掘出的核心部位地下厂房，相当于反向向地下建了20层高楼。地下挖掘，难度远超地面搭建。地面上的成熟技术来到地下，掘进，就成了攀登。

洞室群开挖岩溶渗漏处理，是全球公认的建设难关。而地下厂房，是整个电站运转的核心，深埋山体内的水轮发电机组将有长达数十年的运行周期，山体渗水的问题必须得到一次性解决。

利用山体岩石的自然缝隙，建筑者在其中灌入密实的水泥浆液，将整个地下厂房包围，形成一个巨型防护罩。缝隙的深度、宽度、长度等数据都隐于地下，精准操作的灌浆大数据则能分析出裂缝的发育程度。水压试验逐层测试了超过400个注浆孔洞，注水没有大规模跑漏，前期运算结果与水压体现一致。灌浆凝结成保护罩的效果将被山川时光见证。

建造技术，与工程师互相成就。山川开卷，每个工程几乎都能被写成一本教科书级别的独家经验。笔画里，有父辈的热血，也有未来的眉眼。

这个超大号的充电宝建成后，将消纳18亿千瓦时低谷多余电量，同时其所蓄能量每年将为电网供电13.5亿千瓦时。

句容，取墨青春，写在山间，如水流动。

3. 大河滔滔，大爱泱泱

戈壁沙漠，一望无边。

新疆阿克苏地区，光照时间长、昼夜温差大，这里是全国有名的纸皮核桃之乡。远眺天山，从年平均水量来看，这里并不缺水。在盛夏，冰川消融时，这里甚至会暴发山洪。但开春时缺水，核桃田的土地，皱得像核桃皮一样。

一座可以蓄水调峰的水库，因愿而生。

大石峡的水利枢纽，建在号称中国峡谷之王的天山温宿大峡谷中，最大坝高247米，相当于80多层楼高，是世界在建的最高混凝土面板堆石坝。建设者像蜘蛛人一样，在1200米高的峭壁上小心布网。他们用钢网一层层牢固山体，防止滚石坠落，守护着千米之下的大石峡水利枢纽。

建设者在 1200 米高的峭壁上小心布网

蜘蛛人在峭壁作业

第 6 章　灿烂炳焕

大型水利枢纽工程正在山谷间孕育

水库建设现场

建设者采取的是最古老却最因地制宜的建坝方式。茫茫戈壁滩，不起眼的天然砂砾石，在作业车的不断碾压下，将填筑起一座巨型大坝。每台碾压机行进的轨迹、速度和碾压次数，都同步显示在屏幕上。智能监控系统，是工程师延伸到石缝里的眼睛。

此刻完美的碾压作业，就能让这片土地将来不被干旱碾压。如果某个点碾压得不密实，结果就是，它将和周围的沉降不一样，这样就会出现有的地方沉降量大、有的地方沉降量小，对整个坝体的变形非常不利，会造成大坝前区的面板产生裂缝。试坑灌水试验，是检测压实度最常用的方法，建筑工人们丝毫不敢懈怠。

已经在这里驻扎了三年的建设者，还将继续坚守四年，坚守到大石峡水利枢纽工程建成的时刻。到那时，当阿克苏的纸皮核桃，被运送到五湖四海的每一双手上，一起送达心田的，还有天山的雪，大美的新疆。

4. 劈出高峡，拥抱狂澜

鸟瞰乌东德水电站

金沙江奔腾在横断山脉。时光之手在这里劈出高峡，又捧出平湖。天地间血脉般相连的江河，带着中国水电人的心跳，汇入时光之海。

乌东德，不仅是彝语里五谷丰登的坪子，也是中国第四、世界第七大水电站。乌东德水电站是世界上最薄的300米级双曲拱坝，最大坝高270米，相当于96层楼，底部厚度却仅为51.41米，大坝最薄部分仅有11.98米。

张开怀抱，拥抱狂澜。大地般的厚德之作，每一滴水，都见证与亲历。

大坝采用的低热水泥混凝土浇筑技术，是世界大坝建造史上的创举。智能灌浆、智

乌东德水电站剖面

汽车行驶在大坝桥上

乌东德水电站大坝蓝图

能通水等创新技术，解决了温差变化过大会导致混凝土开裂的世界性难题，造就真正的无缝大坝。使命也在建设者的血脉里，无缝传承。成千上万人的十年、终生、数代。一如江河不语，却有海的回响。

大坝的壮观，留下诸多浩瀚。建造的十年，每一次施工的记录，都被收录在册。一张一张图纸，渐渐装订成册，也渐渐成为史册。一代又一代，时光在交替轮回中递进升华。

每一座大坝，都是一座丰碑。水的力量转化成千家万户的电能。

一划开卷，加上人的撇捺，写出大坝之大，见证者是沙尘与水，日月和年。

5. 世界屋脊添心灯，电力天路跃高原

青藏高原

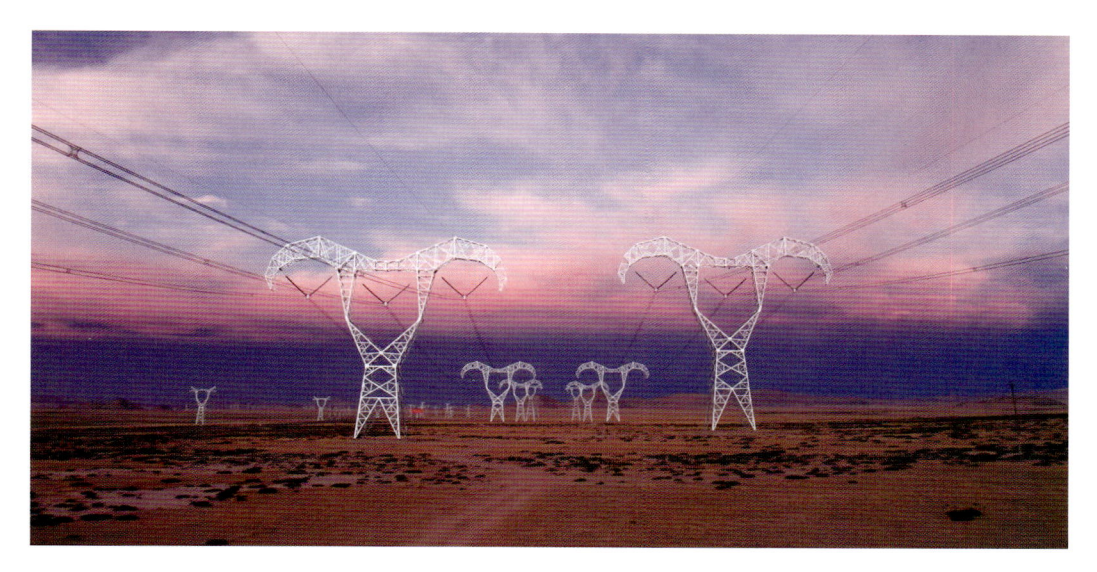

电力天路上的羊头塔

中国幅员辽阔，东西南北跨度超过 5000 千米。能源流动的万里版图，每一笔，都连接牵挂和足迹。空中电网，将灯火连接成星空。

从一个塔位开始，中国和世界一起走过了电力运输从高压到特高压之旅。特高压的世界标准由中国定义。一万个塔基，一万种情境。每一个，都是唯一。

远方星辰，开始呼唤。中国电网人接到青海大柴旦光伏送出工程的设计任务，还有来自世界屋脊的邀请。青藏高原，世界第三极的极致之美，还有离天空最近的山峰，离地面最高的雪，跨越地理板块的风。峡谷深处正在孕育的，是一条能源高速通道。

阿里与藏中电网联网工程，起自日喀则，止于阿里，平均海拔 4572 米。它是继青藏、川藏、藏中联网工程后的第四条电力天路，是迄今为止世界海拔最高，运距最远，最具建设挑战性的 500 千伏输变电工程。

两年前，三万名建设者，来到极地之寒，眺望喜马拉雅的阿里，屋脊中的屋脊。他

岗巴羊头塔

环境险峻的高原

运距最远的变电工程

冈仁波齐峰

们来到只有内地一半含氧量,藏羚羊奔跑的阿里,他们经过冻土、湿地,也经过冈仁波齐峰和玛旁雍错湖。他们把幸福书写在 35 基 "岗巴羊头"、108 基 "日土白绒山羊头" 等造型的输电铁塔下,在亿万年的雪山和湖边,与天地同框。

重返天路,满地风光。阿里与藏中电网联网工程完成之后,日喀则西部和阿里电网让孤网运行成为历史,沿线 16 个县、38 万农牧民有了安全可靠的用电。

天上星星亿万颗,就像人一样,散落在芸芸大众中都不起眼,但各个专业聚在一起,才能把一条线路建设起来。电网人,聚是一团火,散是满天星。

喜马拉雅,隆起之地,千山之巅,万川之源。天地之能铺展开去,从世界屋脊亿万年前的尘土,到山水之间,人烟与文明从中渐起。从万千呼吸间,到大地掌纹里,张开星空之眼。就从这里开始,许下心愿。家国天下,生生不息。

6. 西电东送的大动脉

金沙江，从青藏高原出发，龙虎般从中国地理第一阶梯腾跃到第二阶梯，经过乌东德的云，又飞出白鹤，再起高峰。

白鹤滩水电站，是仅次于三峡水电站的世界第二大水电站。白鹤滩上 16 台单机容量 100 万千瓦的水轮发电机组，是目前世界上单机容量最大的水轮发电机组，单台机组转轮每转一圈，就生产出一个普通家庭一个月的用电量。水电行业的巅峰之作，由中国自主研发制造。从二滩水电站 60 万千瓦机组，到溪洛渡水电站 75 万千瓦机组，到乌东德水电站 85 万千瓦机组，再到白鹤滩水电站 100 万千瓦机组，中国水电建设步步为营，勇攀高峰。

百万千瓦机组是中国水电工业体系的集大成之作。从钢板的选择，到技术的攻关，汇聚了全行业的生命之能。单台机组的重要部件多达上万件，重量近 8000 吨，高度达 54 米。每次调试，都是致敬。成千上万颗螺丝钉，每一颗都要检查到，有一颗松了、掉

白鹤滩水电站全景

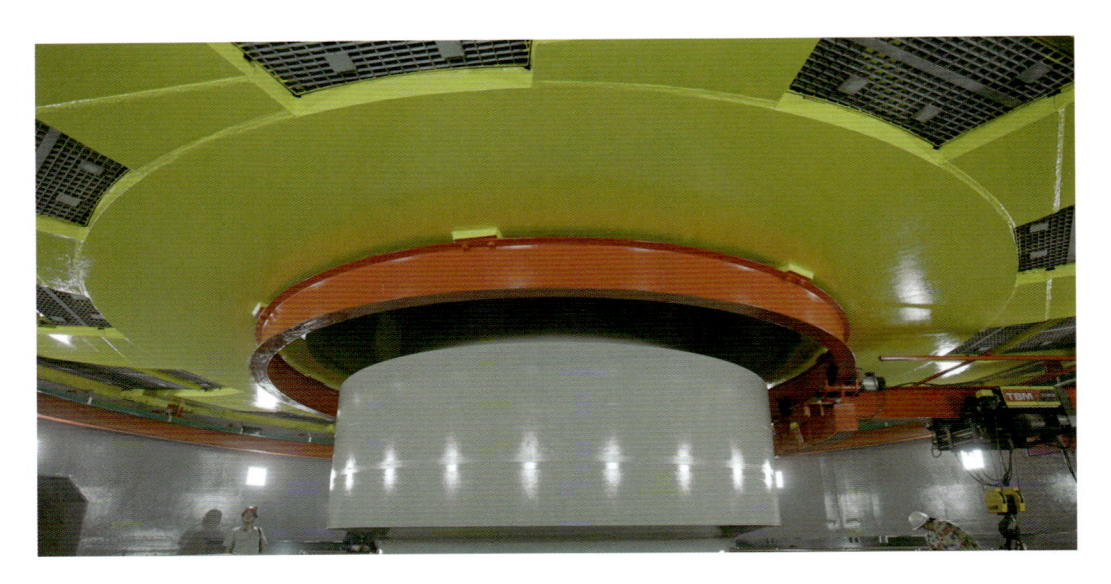

水电的百万千瓦机组

了，都会造成非常大的隐患。机组轴承摆度控制在 0.1 毫米以内，部件振幅控制在 0.03 毫米。安装百万千瓦机组所用的中国标准，也是世界的标杆。

机组正式开机调试在即。大坝进水口闸门液压升降系统却出现异常，建设团队如临大敌。机组能否顺利启动，能否经受住机组过速的破坏性试验？惊涛在心。

风起地底，已行千里。白鹤滩百万千瓦最后一台机组，也是长江干流上建成的第 110 台水轮机组，成功启动。它将与三峡水电站、葛洲坝水电站等长江流域的 6 个巨型水电站一起，构成世界最大的清洁能源走廊，哺育八方与九州。

几代人江河般接力，心若金沙，愿同白鹤。

从白鹤滩到浙江，西电东送。来自长江的清洁电能，穿越 2000 余千米，到达中国东部，用时不到一秒。崇山峻岭中，建设者站在钢铁的树梢上，一米一米地架设空中通道，只为实现一道电流的神速到达。

跨越清江的高压电线

高空作业中的建设者

换流站俯瞰图

    清江，切割云贵高原东部边缘而来，这条长江的一级支流，因为"水色清明十丈"而得名。它北折，东行，穿越险滩，峡谷，溶洞。江，清澈见底。而江边山谷，则深不可测，云雾穿行。

    正负 800 千伏特高压直流输电线路，正在跨越最险峻的路段——248 千米的恩施段，清江跨越 6.5 千米，涉及 16 个基塔。因为心怀万家灯火，建设者才有勇气将天空作为生命的底色，直到身体有了山谷的轮廓，直到心河呼应清江之澈。从父辈到兄弟，从超高压到特高压，能源通道在哪，他们就在哪。

    电路宛若心路。人迹罕至之处，天空之下，工程师们心里装着家国。中国能源基地和用电中心相隔千里，能源与生产力布局逆向分布的难题，因为超远程特高压输电技术的突破有了解决之道。

无人机施放导引绳，飞越清江，牵引导线至对岸的铁塔。导引绳带出牵引绳，牵引绳再带出导线。遥控的羽翼，连山、接云、领风、随心。

江河之上，云朵之下，那些河流、鸟儿、树木、认识的人的名字，都在被光线书写。人类的勇气和创造，是这个星球真正的能量之源，无尽无边。

江与海一线相牵，成为能源的动脉。

白鹤滩的电力被输送到浙江，浙北换流站是接受电力的最后一站。从空中俯瞰，它就像一个巨大的集成电路板。

晶闸管，一种半控型功率器件，特高压换流阀的基本器件，相当于人体的心脏。多个晶闸管元件串联，就可以将直流电流变为交流电流。国产核心元件研制的攻关，让大容量、长距离的能源输送有了保障。

十月份白鹤滩的水，点亮浙江的灯。

千百度电，点亮千万里。每一度，都承载着风云与时光。千百度的光与明，情牵一江水，又度万重山。

7. "黑金"之能
点亮万家灯火

稳定而不受季节影响的煤电,占据全国每年发电量的半壁江山。那是亿万年来星球给人类的馈赠。

淮河,是历史上中国南北的界河。淮南,顾名思义,地处淮河南岸。这是一座因为近代发现特大型煤矿、为了大规模开采而设立的城市,又称火电三峡。高耸的烟囱,冷水塔,这些煤电产业最具代表性的建筑,像高耸的惊叹号,在能源保障和绿色低碳两个词后面划下重点。

传统能源的绿色革新,需要翻开新篇章,这个任务迫在眉睫。煤电设计领域的佼佼者,中国能建华东电力设计院,承担起淮南潘集电厂项目的建设管理重任,按下中国煤电技术的刷新键。

煤电的基本原理是将燃煤的热能,转换为蒸汽压力的机械能,蒸汽压力带动汽轮机与

鸟瞰火电站

火电站的烟囱和冷水塔

潘集电厂俯视图

大　国　建　造

发电机旋转，机械能就可以转换成电能。

超超临界二次再热煤电技术，技术如其名，在极致中超越极致。它将一次再热系统的蒸汽在经过汽轮机做功之后，再次送到锅炉加热，并进入汽轮机做功，实现煤的清洁燃烧，最大限度地实现资源的高效利用。以60万千瓦超超临界燃煤机组为例，两台机组可以节约6万吨左右的煤，减少21万吨的二氧化碳排放。

爬上建设中的锅炉高空作业点，建设者也成为新高度的一部分。4个小时的紧张作业，发动机转子被成功安装，低碳化设计的潘集电厂，即将输出高效清洁的电力，迎来真正超燃的时刻。

以极限和临界为起点，建设最高效、最清洁的燃煤电厂，建设者们肩上担负的是使命，更是民生。

火电供应下亮起的城市

8. 风中鲲鹏，扶摇直上

　　1.8万千米海岸线的中国，海上风来，也是蓝海来风。见过大风浪的建设者，将掀起新的风潮。

　　离岸25千米，中国迄今为止，量产化单体装机容量最大的海上风电项目"神泉"，迎来关键时刻。在仅有半个足球场大小的作业面上，建设者们要完成主机、轮毂、叶片3项大件的过驳、倒运和分体吊装。他们将携风云到海上，赋予风声全新表达。

　　480吨的机舱，100吨的轮毂，长达102米的叶片，从运输船过驳到安装平台，再吊至130米以上的高空，进行精确对接、安装。庞然大物在海上高空对接，陆海空的难度彼此叠加。风速超过12米每秒，空中塔顶的晃动就如地震，海上作业必须停止。空中高悬38吨的叶片，海上惊涛，惊起心中骇浪。

　　一夜等待，风浪渐息。气象窗口，带来70个小时的连续作业时机。这样的作业还

海上运输船

海上风电施工平台

海上风车的叶片

"神泉"建设中

要进行 33 次。

远海风电的运转，需要设计、制造、安装等上百个关键环节的同步突破。

沧海一叶，汇聚海量之爱。长 102 米、重 38 吨的风机叶片，突破了材料轻量化和结构强度的技术难关，碳纤维拉挤大梁叶片，其长度刷新纪录。另一个车间，风力发电的心脏，发电机正在进行组装。风电产业链上，每家企业都在刷新追风纪录。

工业集大成之作，凌驾于深海之上，逐风踏浪而来。建设者扬起梦想之帆，只为风驰海上。

群山如浪，江河入海。一叶新绿，长在"神泉"。

9. 以绿色为底，
互补未来

绿色内蒙古铺开自然长卷，绘出工业蓝图。作为国家重要的能源基地，从这里外输送的电量，连续 17 年领跑全国。工程师在草原上追风逐日，此时风起，未来心动。

阴山下的乌兰察布，是中国风电之都。目前国内最大的路上风机，单机容量 6.7 兆瓦，堪称风机中的巨无霸。吊装起来后，它的高度达 110 米，相当于 35 层楼高。这也是眺望未来之风的高度。

一年一场风，从春刮到冬。乌兰察布，有效风场面积占全国的十分之一，太阳总辐射仅次于青藏高原，拥有丰富的绿色能源。作为中国新能源发展的主战场，今天的内蒙古，正在努力推动煤炭和新能源优化组合。

风吹草低，显露新的生机。

羊群与风光一同奔跑

中国首个储能配置规模达到吉瓦时的新能源场站

第 6 章　灿烂炳焕

国内最大的路上风机，单机容量 6.7 兆瓦，堪称风机中的巨无霸

建设者们在光伏区种草

吊装风机 　　　　　　　　　　　　　　　　　　"超级充电宝"

中国首个储能配置规模达到千兆瓦时的新能源场站，落户在常住人口还不到13万的四子王旗。2023年6月，这里将建成中国规模最大的风光储一体化项目。

外形酷似集装箱的电池舱，一期工程就要建86个。这些超大号充电宝，用电低谷时可以储存电力，用电高峰时再将储存的电力送入电网。有了它们，就能解决光伏和风电因为发电不稳定，给电力调控带来的难题。这些超大号充电宝，就像牧民的羊群，是建设者们心里的宝贝。

8月，羊群与风光一同奔跑。

3个月前，建设者在光伏区种草，特意种植了在沙漠绿洲仍能生长的沙葱。阳光如瀑，倾泻在光伏板上，绿就从草原蔓延到光线中、光阴里。成长起来的沙葱，不仅是羊群的最爱，也是大自然对光伏板防沙固土的回赠。经过风与光的邀请，光伏板、风车、建设者、牧民和羊群，都进入草原上大自然的朋友圈。

亿万年来，太阳照在大地上，创造出这片"离离原上草"的绿色。天上的飞鸟，能看到奔跑的羊群、旋转的风车，能量奔涌千里江山间流动。

建造之光，为愿而来。风起云涌时，未来已置身，春风千万里。

第 6 章　灿烂炳焕

建筑有固定的形色，充盈着流动的表达，融入曾经与当下。
它是语言，是色彩，是力量。
它融入文明，融入此刻的心跳。
同框未来、眼前和从前。

第 7 章
如日方升

1. 建筑与生命的相逢

腾讯滨海大厦外观

在东方风来满眼春的地方,新的春意已经盎然。

高度不再仅仅指征物理意义的丈量,还被定义为对生活、工作和沟通方式的全新诠释。

在设计之初,腾讯滨海大厦的三道连廊就被定义为公共社区,具有健身、聚会等不同的工作生活功能,生命的需求得到充分尊重、舒展和绽放。这里是目前中国最高科技的建筑之一,为建筑附加智慧,实现人与建筑的深度融合,进而释放人们极大的想象力。

腾讯滨海大厦内部用作公共空间的廊道

腾讯滨海大厦夜景

　　智慧建筑管理平台是大楼运营的心脏。每个月，大楼的软件升级都在争分夺秒。一块可交互的屏幕上，电梯、灯光、空调、监控、停车场，每一个构件都彼此联系。智能电梯在周一的早高峰为上万名员工分配到最快最合理的梯位，从步入大楼的那一刻，就将每个人全然拥抱。智慧大楼与建筑沟通，与建筑互动，创造了一座"万物互联"的建筑标杆。在这里，建筑与生命互相延伸。

　　在珠江江畔，矗立着国内首例超高层单边大跨度直挑平台。这座建筑高 207 米，在

楼层中运送物品的机器人

第 14 层悬挑 23 米处为花园景观，第 23 层悬挑 13 米处为山丘景观，第 32 层悬挑 13 米处为村庄景观，第 38 层悬挑 28 米处为屋顶景观，通过 4 道悬挑实现向珠江延伸的景观平台。

空中花园的悬挑，是世界性的建造难题。悬挑结构上拔力会让核心筒结构产生 100 毫米的拉伸变形，因此，如何平衡悬挑的受力是建造者最大的挑战。作为面向世界开放的标志，最大悬挑有 28 米，相当于 4 个标准篮球场的面积。由于悬挑上部没有任何拉索结构，千余吨受力只靠大楼主体结构来支撑。

当森林、山峰、田野像抽屉一样拉开，城市高密度建筑的拘谨转换为动静相宜的从容，呼应着生命的选择。

2. 蝴蝶多情思，轻狂近太阳

旭日下熠熠生辉的太阳酒店

诗意湖州因太湖而得名。千年江南温暖、明亮、赤诚的心愿汇聚在一起，凝聚为南浔形似太阳的地标——太阳酒店。

太阳酒店是目前世界上最大的球体建筑，完成这一"拼图"的最后一块，被赋予了特殊的强度要求：需符合超常的抗震性指标，还要有非同一般的塑性和韧性。

正在创造世界纪录的它，屏息等待。在被悬吊封顶之前，它本身就是一个超级悬念。

蝶状穹顶的网壳重达116吨，相当于100辆小型汽车的重量。不规则的外形要求每根钢索必须精确受力。预设好的6个提升点是工程师们精心测算的结果，最小提升重量16吨，最大提升重量可达23.5吨。最难的是，这6个点在提升过程中必须完全同步。

第一次提升开始了，提升高度为20厘米。在提升过程中，工程师必须确保水平误差不超过20毫米，上升速度每分钟不能超过50毫米。钢铁制成的网壳被建设者小心翼翼地目送着，也护送着。

然而，意外的卡壳还是发生了。在液压装置20吨的力量下，2个提升点却纹丝未动。70米长的钢索受力稍有偏差，张力就大为不同。蝶形顶部的两个负载最大的点位——1号和6号，因为钢索张力不够，无法完成同步振翅。

升顶成功

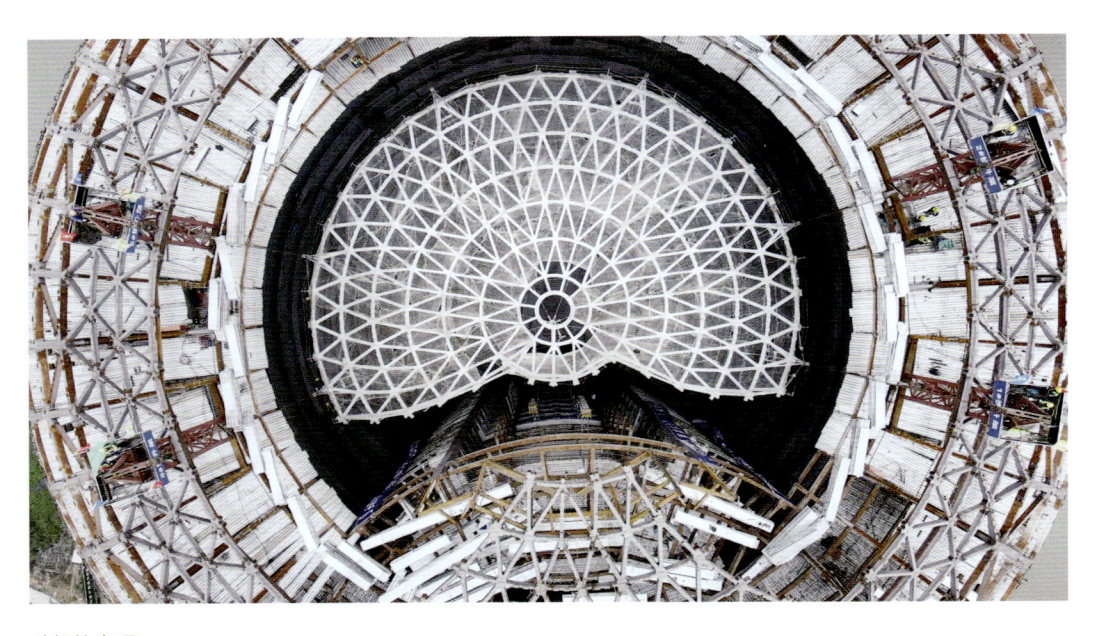

升起的穹顶

  精准调整完钢索张力后，第二次提升开始了。这一次，6个点位终于同时离地，落在了距离地面20厘米的高度上。这20厘米，就是蝶形结构破茧成蝶的开始。接下来，这个巨大的蝶形穹顶要一毫厘、一毫厘地提升，直到到达97.5米的高空。

  每一个毫厘，都是一次蜕变。

南浔地标——太阳酒店

    蝶形穹顶在提升，施工方案也在提升。4个小时后，升级版的施工方案出台。然而，刚越过第7层，监测数据又突然异常。半空中的穹顶网壳已经无法保持水平状态，误差达到了60毫米。此时，网壳悬停在距离地面58米的高空。钢索、举升架和网壳都面临着巨大的风险。

    在太阳穹顶，建设者的身影也是"拼图"的一部分。在距离地面107米的高空，建设者要在只有20厘米宽的桁架上抓紧完成校正。6个举升架，每一个都要不断反复检测、校正、更换钢索。

    提升第三次重启。最后一块"拼图"终于升顶成功，稳稳落在了97.5米的建筑顶部——一个在太湖岸边最早看见太阳的高度。

    蝶形穹顶终于化茧成蝶，成了太阳的一部分。

    因为不绝的赤诚与热爱，更多灿烂，指日可待。

3. 钢铁"心脏"的再次跳动

高炉的生命从开炉第一秒开始，直到十几年后，它从一个钢炉变成一代钢炉。

传承，未完待续。

1958 年建厂的南钢见证了高炉冶铁的历史，也见证了中国工业的不断迭代、百炼成钢。2 号高炉完成使命后准备拆解，而全新的高炉正在 40 米外静静等待。新生，就在一望之地。38.88 米高、重达 8100 吨的钢铁巨无霸，即将跨越 47.23 米的距离，登台唱戏。

高炉更新之路，也将刷新南钢的绿色智能改造之路。

十九冶为攀钢而生。1970 年，攀钢 1 号高炉熔铸出这支西部铁军"世界高炉建设之王"的荣耀。从此，传奇不熄。虽然早已不是"三个石头一口锅，帐篷建在山窝窝"的年月，但在天空的屋檐下，青春的容颜只是换了名字，一样深情，一样清澈。

新生就在一望之地

传承：从一个钢炉变成一代钢炉

2 号高炉完成使命，准备拆解

两个时代，从相望到相见

重达 8100 吨的钢铁巨无霸

切割炉门，也打开未来之门。

动力自来四个液压缸

新高炉将带基础整体推移

拆除数千吨高炉的力量，来自时光之愿。

近 70 米高的平台，曾经铁矿石滚滚落下的地方，不同工种交叉作业，拆解上百吨重的部件，留下时光滚烫的回响。高空、高风险作业带来的不确定性，让切割炉门的时间节点随时都在调整。

切割炉门，也打开未来之门。过往的高炉推移大都是将炉体切割，分段推移。在持续 5 年的跟踪研究后，工程师们做出一个让世界钢铁工程界震惊的决定：新高炉将带基础

高炉经过大地，它的足迹就是它的诗行

整体推移。

　　这里紧邻长江，土质松软，8100 吨庞然大物的重量相当于 500 辆卡车。为了庞然大物能够平稳地走在海绵般的地面上，60 根预埋地下的承压桩成为"定海神针"。它们与地面的推移轨道构成紧密的整体，确保沉降误差始终控制在 0.5 毫米之内。

　　每秒移动 2.5 毫米。8000 多吨的高炉像爬行中的巨大蜗牛，以肉眼几乎无法察觉的速度完成飞跃。推移的动力自来 4 个液压缸，单缸液压的最大推力为 600 吨，同步精度达到 1/1000 毫米，能够避免高炉在推移过程中变形。

　　高炉经过大地，它的足迹就是它的诗行。这是全球首例高炉带基础整体推移的奇迹。

　　在人类探索火星的时代，一代代建设者在时光的熔炉里度过了火星四射的年代，以光阴铸就光芒，创造了令人仰望的高度。一如两代高炉之间，心的传承悄然无声，却有让大地震动的力量。

4. 面朝大海，大鹏展翅

厦门，城在海上，海在城中。燕尾归脊寓意远方的游子总会在春天归来。占地面积近 82 万平方米厦门新会展中心拥有超过 18 万吨的钢结构，纵横而成超大型的闽南大厝，在千年的众望中，置顶未来百年。

台风即将登陆福建沿海，厦门首当其冲，而这座燕尾归脊的闽南大厝，羽翼未丰。渐紧的风声里，建设者心中迅雷般作响。一定要在台风之前把上百吨的钢结构连成整体，否则，台风会像碎纸机一样，将"燕子"的羽毛撕碎在空中。

台风到来之前的每一步都至关重要。第一个难关就是起吊。固定点起吊，然后将钢桁架焊接成一体，滑移到位。这是施工团队拟定的方案。然而，厦门土质松软，根本找不到合适的起吊点。即将在空中高悬的，是前所未有的百吨与千钧。在越来越密集的台风警报里，高悬的是燕尾钢架，也是建设者们的心。燕尾钢架要在台风登陆前完成空中着陆，然后继续展翅，准备滑移施工。

厦门新会展中心全景

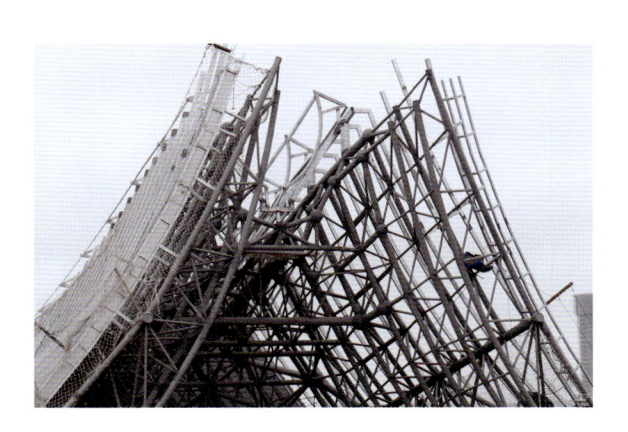

燕尾归脊结构

工程全景

燕尾钢架成功滑移

起吊钢桁架

人机合力打造超大异形钢构件

智能车间

  分明是台风从海上奔袭而来，随时会破防的却是心海。四台总推力超过1200吨的液压顶推装置，缓缓推动燕尾脊向前移动。在46米高空中移动的燕尾钢架，每一根羽毛、一毫厘的展翅，都是此刻天大的事。经过将近2个小时的滑移，燕的羽翼飞过风雨交加的60米，将近200吨的燕尾脊完美置顶。

  千里之外的郑州，也因这场台风而震颤。超级大厝钢构件引发的是更加震撼的制造，超级制造工厂为超级工程用钢铁创造了羽毛和鳞片。智能制造与智慧建造之间，实现了跨越千百里的零距离同框。

滑移中的燕尾脊

厦门新会展中心超过 18 万吨的钢结构部件数量多达 40 万件，人和智能机器的合作，将超大的异形钢构件进行精确到毫米级地打造。钢铁的生命融入更高标准、更大强度、更高精度、更具创造力的超级工程，被赋形为神往的时空。

当钢铁随心凝固为羽毛的瞬间，想象开始飞翔。一如燕尾，羽在屋顶，翼在苍穹。

5. 银色丝带与水天相连

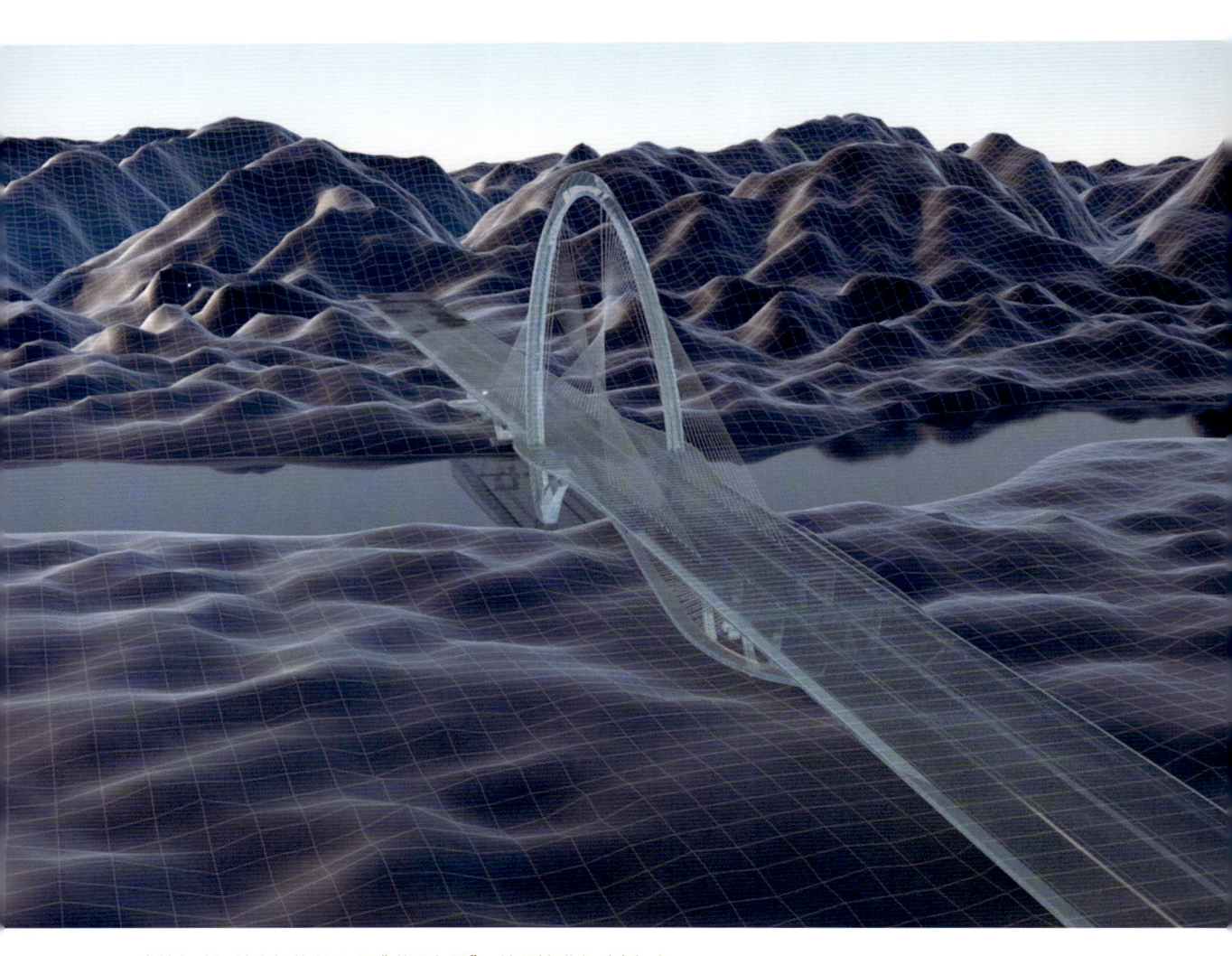

金简仁沱江特大桥将以 3 项"世界之最",炫目地登上时光舞台

世界最宽桥面大桥、世界最高倾斜桥塔、世界最大跨径非对称曲线形扭索面独塔斜拉桥，金简仁沱江特大桥将以 3 项 "世界之最"，炫目地登上时光舞台。大桥全长 963 米，主桥 513 米，最宽处将达到 86.7 米。这意味着，如果在大桥中部放置一座标准足球场，大桥两侧还留有足够的空间通车。

炫目的背后需要坚实的塔座，完美承受大桥近 4 万吨的荷载。20.15 米长、7.4 米宽、5 米高，重达 441 吨的塔座是大桥的基础。塔座的每一层都有 24 个舱室，类似蜂窝的构造如血脉交织，使它有足够的生命力和承载力。

对于承载万吨荷载之后的钢结构，零点几毫米的漏焊都可能以不可估量的倍数放大，成为危及大桥 100 年使用寿命的硬伤。工程师看重的是焊接合格率，绝不会因为焊接作业空间受限而降低质量标准。每一个缝隙都让他们深陷，也让他们攀登。不断摸索以寻找最佳解决办法，一丝不苟只为不留一丝遗憾。

先进的板单元自动焊接智能设备，能实现对焊缝根部位置的自动对位和智能化跟踪。这种全熔透焊接工艺，可以提升焊缝的抗疲劳性能，相当于给钢结构焊接找了个能绣花的机器人。

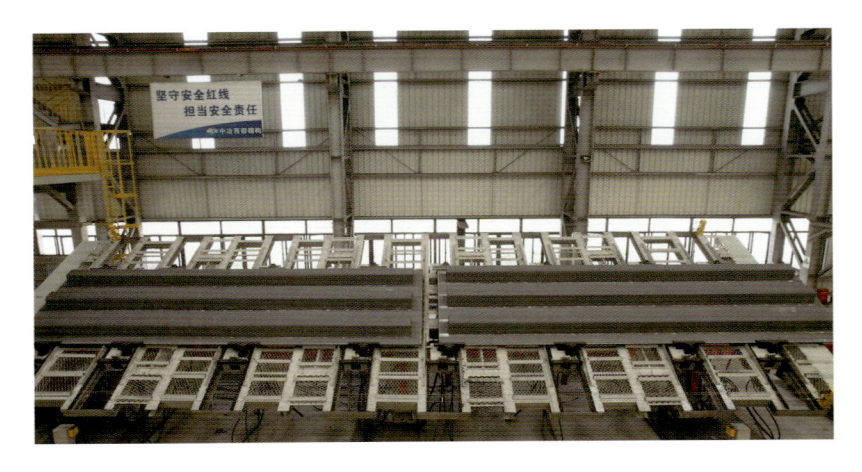

先进的板单元自动焊接智能设备

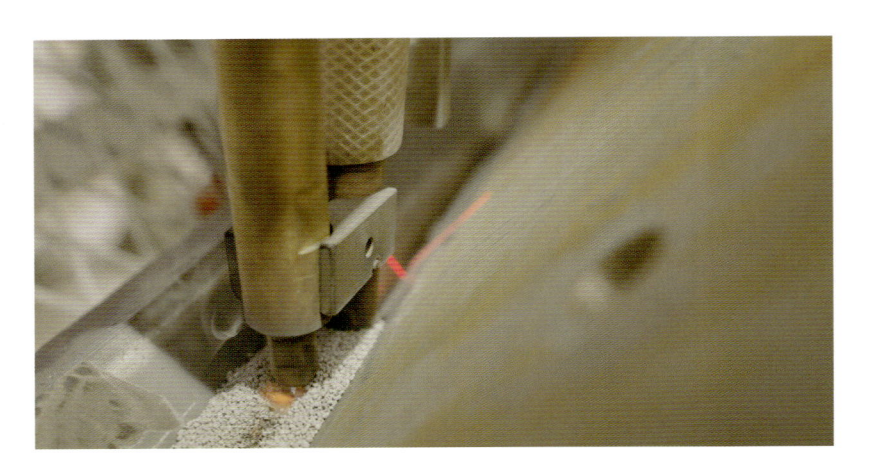

提升焊缝的抗疲劳性能

焊接作业

20.15米长、7.4米宽、5米高,重达441吨的塔座是大桥的基础

类似蜂窝的构造,交织如血脉,使塔座有足够的生命力和承载力

被建设者的双手温暖过的钢铁之躯,将被命名为"初生的桥梁",成为发展之脊。68根斜拉索采用空间扭曲面形式布置,飘逸、空间变化的结构形态与桥面、水面巧妙相接,宛如一条银色丝带,扬帆起航,跃向"东进之路"。

6. 丝路上的花朵

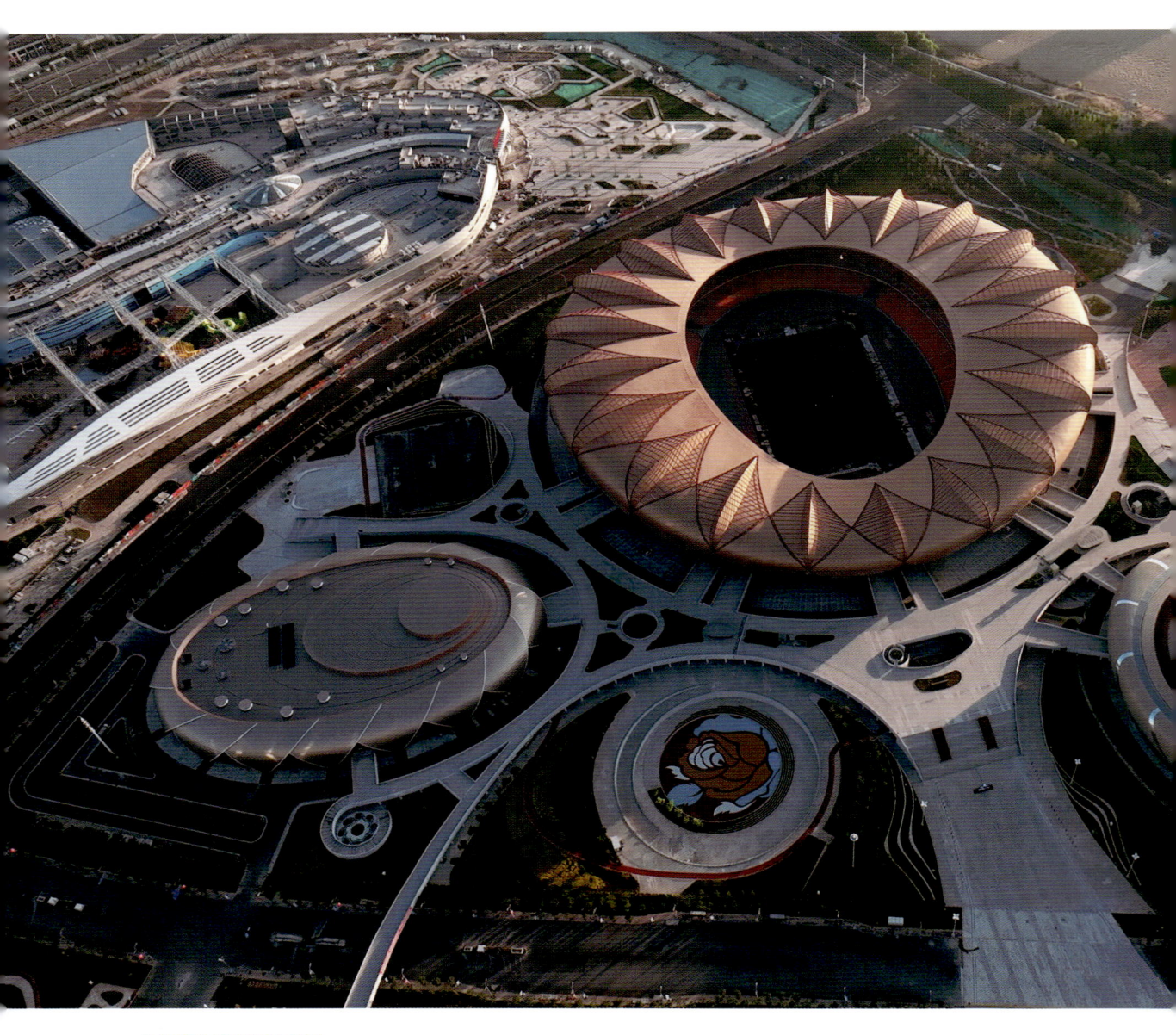

兰州奥体场馆整体造型

一条黄河串两岸，绚丽之花耀华夏。

兰州奥体场馆的整体造型像黄河蜿蜒入海，又像敦煌飞天的飘带，将玫瑰、郁金香、百合这些不同花样的场馆连接起来，寓意丝绸之路舞动的姿态。

玫瑰体育场的花瓣呼之欲出，建设者关心的却是未来在现场的6万名观众能否绽放笑颜。兰州奥体场馆共有5840块看台板，没有一块使用传统的混凝土现浇，全部工厂定制，现场安装。国内首例预制看台的舒适度测试即将开始。

看台用来观赛。而此刻，看台本身就是赛道。测试点位选在体育场内最薄弱的区域，倾斜度达到46度的东高区。座位下方，采集振动加速度的拾振器已就位；看台底部，收集位移、变形量的传感器也调试完成。一切准备就绪，只等足音前来发令。

200多名测试人员按节拍器的频率开始原地踏步。体育场钢结构的骨架更轻、更柔、

玫瑰花瓣造型

跨度更大，意味着结构自振频率也会显著减低，与人群活动的频率非常接近，一旦产生共振，会直接影响观众的舒适性。在未来，当嗨翻全场的情景出现，现场6万个座位就有6万个角度、6万个答案，每一个答案都追求满分。这是建设者自己的奥林匹克，也是撒向时空的心意之花。

收集位移、变形量的传感器调试完成

国内首例预制看台的舒适度

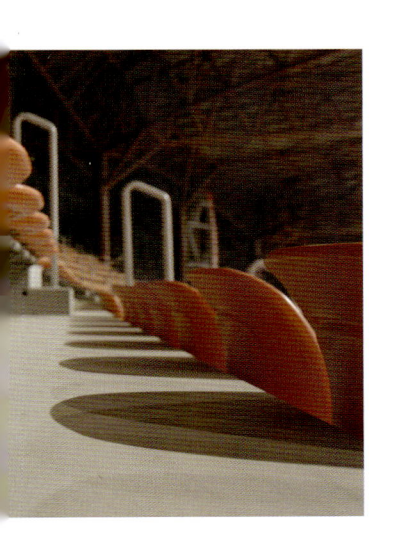

建设者自己的奥林匹克，撒向时空的心意之花

第 7 章　如日方升

7. 钢筋铁骨的"最强大脑"

全球最大的双速比 450 吨飞剪,冶金建设领域当之无愧的利器之王

炼钢振动台

全新钢厂的千里之行,从毫米处、微秒中无声开启。

炼钢振动台是提高连铸机拉坯速度的关键设备。振动台每次振动的幅度不能超过 2 毫米,这就要求振动台落在支撑架上的 8 个点位都要绝对水平。0.1 毫米,0 和 1 之间的一点,将点通未来的灵犀。

生产线上的近万个轧制

剪刀手出手摆出"V"字,为新科技剪彩

全球最大的双速比 450 吨飞剪是冶金建设领域当之无愧的利器之王。核心秘密不是力量,不是速度,而是时机——在合适的时间做出动作的最佳时机。900 摄氏度的钢材一旦剪不断,产线上的钢坯就会叠罗汉般地堆砌出废钢。每次下剪最快 3 毫秒,剪刀手出手摆出"V"字,为新科技剪彩。

60 年历史的钢厂，老出新颜

2022 年 10 月，临沂特钢正式全面投产。智能上线，未来在线。

从山之东，到江之西，1000 千米之外，60 年历史的钢厂向智能比心。刚刚投入运行的智控中心正在秒速指挥千军万马。生产线上有近万个轧制，轧钢的每一个细节都汇聚到这个大脑。

过去，生产线上的问题全靠人工根据经验判断。现在，线上问题，"线上"解决。智慧大脑通过大数据分析，面对最棘手的问题都能秒回答案。未来，这条新产线的速度将是过去产线的 3 倍。60 年历史的钢厂，老出新颜。

冶金之魂是以高温熔炼精髓。在沸腾的时代，智为金。智，取于心愿万千。

8. 雄安，未来初现

　　雄安，千年的"未来之城"已走过非凡的 5 年。城市顶层设计的"四梁八柱"搭建完成，240 个重点项目完成投资 4786 亿元。雄安的数字在一沙一尘中，创造数字时代的雄安。地下、地上、云上，三座城同生共长。

　　雄安城里特别的外卖小哥送的不是餐，而是城市建设的食粮：混凝土。从接到混凝土订单到开始配送，前后不超过 10 分钟。让混凝土订单像外卖点餐一样便捷，智慧城市的设想已在雄安渐渐实现。

　　泥土滋养了雄安，混凝土将创造更多的时空想象。第一个智能混凝土搅拌站——雄安 1 号站，正在悄然生长。一滴水从蓝色天空落入搅拌站厂区，进入搅拌站的生产循环，从搅拌到除尘，绿色之旅不会排放一滴污水。

　　传统混凝土生产属于粗放型配比，随着高标号混凝土要求的提高，配料的精准度也将

雄安绿色建材供应基地

城市建设的食粮——混凝土

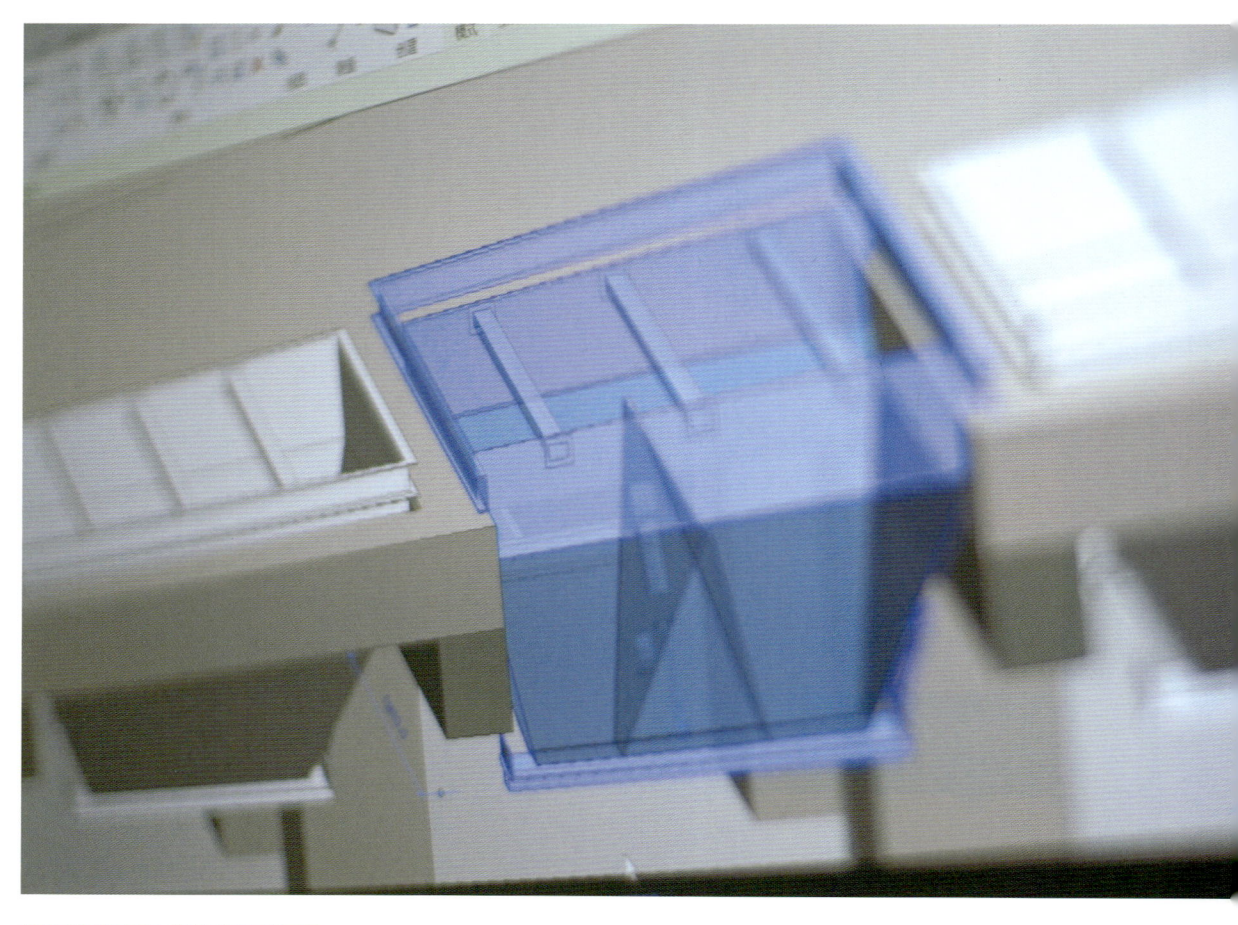

精准配比混凝土配料的智慧工厂

精准定位智慧工厂的智慧维度。

　　滴水微尘混凝于大爱。赤子之名以烈火写丹青，将千年之愿熔铸天地大美。

　　光影开卷，眉间日月，此刻铭心。

一滴水的绿色之旅

长风万里

《大国建造》导演手记

为避免发生意外，车载空调只开了一会，车窗捂得严严实实，缺氧和寒冷导致车内的人都难以真正进入睡眠，迷糊中醒来已是凌晨三点。外面，皓洁星宇，有流星划过。

此时，绵延高耸的雪峰云开雾散，而在傍晚它还半遮半掩难见真容。雪线以下，灌木、丛林与深邃的沟谷浑然一体。在近一点的草甸斜坡上临时搭建有几顶帐篷，辜良雨和他的同事已酣然入睡。

青藏高原，雪山融水向下切割，板块挤压大地隆起，自然的力量塑造的雄浑高地。置身亿万年的雪山之中，除了感觉人的渺小，也会产生某种愉悦的幻觉，仿佛进入了另一个时空，没有口罩，没有病毒，一个与2022年的现实世界互为平行的空间。而此时，角落里两台正在工作的摄影机又在提醒，我们是带着任务"穿越"而来，这一次只为追光者。

新冠流行的三年，这类置身于不同空间的"穿越"一直在进行，从一个工地到另一个工地。改变世界的病毒似乎并没有影响一群人向前的步履。

中国建设者，我们身边极其普通的人，正是他们集结人类的勇气与智慧，追星逐日，改变我们的生活。从城市到乡野，从东部漫长的海岸线到西部绵延攀上的极寒之地，我们跟随建设者的足迹一次次穿越时空。同时伴随着这种穿越而来的是直抵内心的震撼，感动与温暖，还有反复被刷新的认知。

中国能源流动的巨大版图，一条新的能源高速通道即将跨越世界第三极。因通道海拔升高带来的所有设计难题，需要中能建西南院工程师辜良雨和团队的反复论证。眼下，脆弱的地质带来山体滑坡，第66号塔基需要重新选址，辜良雨和团队宿营山里。

正是从每一个塔基开始，一张可以覆盖全国的能源输送大网编织成形，源源不断的绿色能源跨越千山万水，点亮万家灯火。与此同时，大容量，长距离的电力传送技术，中国也与世界一起共同走过升级换代之旅。今天，世界的特高压技术由中国定义。

"电网人，聚则一团火，散是满天星。"这是辜良雨从前辈那里学来的一句话。而此刻，在这群熟睡的电网人的帐篷上空，星云变幻，天地旋转，万物能量的转换与流动有如惊涛骇浪又这样悄无声息。

两年前，在更高的高地，在喜马拉雅，世界屋脊，辜良雨参与完成阿里藏中联网工程的塔基设计。从此，35基岗巴羊头、108基日土白绒山羊头的铁塔，与冈仁波齐，与亿万年的雪山和湖泊，与天地日月共春秋。那是人类向自然表达的至诚敬意。

天地之间，人是渺小的，可以无助，可以失败，但人类文明的精神与勇气，是穿透黑暗的永恒之光，我们就是能量本身。

能量之光不断照亮建造的传奇。在伶仃洋，中交建踏浪而歌，海底接龙；在成渝，中建造楼"怪兽"成就广厦万千；在西域天山，世界最长的高速公路隧道正在穿越天堑串联绿洲；在长江上游，5座巨型大坝搭建起中国绿色能源的"天梯"。

从《大国建造》第一季到第二季，栏目组成员时常问自己大国建造是什么？有人说是青山看见的沙尘与海，日月和年；有人说是在充满智慧与勇气的大地之上的厚德之作；还有人说是灯光连接成星火的地球家园。一切都是最好的回答，而我们唯有用真实的影像向平凡而伟大的建设者致敬。

导演

万劲

用镜头穿越地球

《大国建造》导演手记

在 458 米的高空，俯瞰一座城市的纹理；在深入 700 米的地下，仰望宇宙的未来；用镜头触摸世界屋脊的云，用镜头呼吸太平洋的风，于我而言，《大国建造》是一次用镜头穿越地球的奇幻旅程。

一长两短，一种刺耳的警铃声。

我在矿山长大，对这种铃声非常熟悉，儿时记忆里，矿工们下井开工就是这样，这种警铃既是下井缆车出发的指令，也是矿工们保佑平安的传统。

伴随着绞盘松动，接近 45 度倾斜的缆车正缓缓深入地下。地下 700 米的中微子试验洞室是我们这次拍摄的目的地，行程需要 20 分钟。摄影师正在跟拍主人公，我能想象到画面里的光影明暗变换。

而这种光影像极了时光隧道。似乎把我穿越回了另一个空间。

2020 年，秋

"抬头，别往下看……"这是初拍摄《大国建造》最为记忆犹新的一次。300 米的高空，脚下是一根宽度为 30 厘米的钢梁，除了一根钢丝拴着安全带，其他什么也摸不到，低头向下看时会不自觉地眩晕，身体发晃。所以在高空中你会发现所有人都是抬头说话，尽量回避看到脚下。

"嘉陵帆影"重庆市的新地标，我们的拍摄对象，458 米的建成高度，正在每天向上生长。在拍摄这种超高层建筑时，为了寻找不一样的视角、不一样的视觉冲击，这次我们尝试了一种新的装备，穿越航拍机。由上而下的俯冲，我们叫它"跳楼"镜头，这也是我们今天爬上300米高空的原因。伴随着桨叶的啸叫，穿越机升空，500米的高度紧贴建筑极速俯冲……

这是一种全新的视觉震撼！镜头里，嘉陵江如一条丝带环抱着山城，桥梁如弦，建筑为这座城市装点出另一种美，"嘉玲帆影"的钢铁骨骼屹立其中，带着一种坚实的力量感，大小不同的钢结构在高空舞动，悬于高空之上的焊接工人，焊接迸发的火花，这一切构成了"建造"的一幅画。当你置身其中，会发现画里的每一笔都很动人。

我记得"建造"里有这样一句文案，"登峰""造极"，也许只有登峰才能造极，我们在镜头上追求极致，是为了匹配建造的极致。

2022年，夏

又是一组我熟悉的警铃声音，缆车停稳。此时我们已经深入地下700米。这里是世界物理科研的最前沿，中微子试验洞室正在建造。物理学家说，它是"打开宇宙奥秘的一把钥匙"。

穿过纵横交织的隧道，穿上防尘鞋套，再进入除尘间，最后才到达工程现场，一尘不染，光洁亮丽，这与我们拍摄的其他工程完全不同。面前，一个形似地球的巨型钢结构球体，拉满了这里的神秘感。为了让这种神秘感能够通过我们的镜头呈现出来，这次我们又有了新的尝试，360度摄影，镜头中呈现的视角变换和视觉体验能够很好地辅助我们完成对于这个工程的呈现。从数字摄影时代到来之日起，我们有了更多的技术手段和创作思路的突破，很庆幸我能参与其中。

在《大国建造》系列纪录片的整个创作过程中，栏目组成员总是会被这些"奇迹"所打动。海拔3000米的天山隧道；云南高山峡谷间飞架桥梁；南海奋楫搏涛，建风场；每一个故事、每一个人物、每一个工程，都是今天强盛中国的笔画。

上天、入海、翻山、跨江。三年里，《大国建造》的创作，在空间上几乎穿越了整个中国；在时间上又如同穿越了整个国家几十年的发展足迹。"建造"是我们树立在大地之上的丰碑，勘印着我们这个民族奋斗的印记。多年前，我曾拍摄过成昆铁路，今天的大国建造与此相比没有了曾经的悲壮，却饱含着今天的豪迈。能够参与其中是我的幸运，也是我的荣幸！幸运的是生在这个伟大的时代，长在这个伟大的国家。更为荣幸的是能用我的热爱、我的方式，记录这些伟大和美好！

导演
于潜